그 사람이 온다는 건

그 사람이 온다는 건

초판 1쇄 인쇄 · 2018년 4월 09일
초판 1쇄 발행 · 2018년 4월 13일

지은이 · 정화령
펴낸이 · 김미용
펴낸곳 · 도서출판 푸르름
편　집 · 이운영, 전형수
디자인 · 정은진
본문사진 · 정화령
마케팅 · 김미용, 문제훈
관　리 · 이혜진

주　소 · 경기도 고양시 일산동구 호수로 358-25 동문타워 2차 917호
전　화 · 02-352-3272
팩　스 · 031-908-3273
이메일 · pullm63@empal.com
등록번호 · 제 8-246호

잘못된 책은 구입하신 서점에서 교환해 드립니다.
ISBN 978-89-88388-75-4 (04810)
ISBN 978-89-88388-84-6 (세트)

「이 도서의 국립중앙도서관 출판예정도서목록(CIP)은 서지정보유통지
원시스템 홈페이지(http://seoji.nl.go.kr)와 국가자료공동목록시스템
(http://www.nl.go.kr/kolisnet)에서 이용하실 수 있습니다.(CIP제어
번호: CIP2018004868)」

그 사람이 온다는 건

정화령 소설

푸를름

1

언제나 그렇듯 늘 습관처럼 드나들던 곳. 하얀
색 가운도, 알코올 냄새도 높은 건물에는 곰돌이
가 그려진 환자복을 입은 사람들이 웃고 있다.

그들의 살아가는 방식, 아니 살기 위한 방법,
그들이 선택한 방식으로 병마와 싸우는 중이다.

힘들고 고통스럽지만 금쪽같은 시간을 고마워
하며 살아가는 사람들, 사실은 곰돌이처럼 웃지
못할 인생들, 그들을 바라볼 때마다 자신의 거울
을 보는 것 같아 불편하다.

진료실을 나서기 전에 서희는 8층으로 향했다.
그녀가 입원했던 병실, 대학병원 8층. 6인실이지

만 조용하다. 어떤 이는 멍하니 TV를 보기도 하고 또 어떤 이는 스마트폰을 들여다보면서 자신의 절박한 시간들을 지우고 있다.

사람들을 지나치면 맨 안쪽 창가에 서희의 침대가 있다. 집처럼 생활했던 곳, 집 다음으로 그녀의 절박함이 묻어났던 곳, 매일 아침이면 햇살을 받으며 나갈 수 없는 바깥세상을 훔쳐보던 창, 우울함이 밀려오면 커튼 뒤에 숨어 세상을 등지고 싶었던 그녀만의 비밀장소, 이젠 이곳을 떠난다.

조금 전 진료실에서 한 의사의 말이 다시 떠오른다.

"서희씨 축하해. 고생했어. 이제 다시 병원 안와도 될 것 같아."

"네?"

기적 같은 말이다. 매일 기대했으면서도 기적으로 받아들일 수밖에 없는 말.

"그럼. 이제 괜찮은 건가요 선생님?"

"네, 이젠 끝났어요. 고생했어요. 서희씨."

의사는 스스로도 만족한 듯 웃었다.

"안심하셔도 됩니다. 이제 서희씨는 중증장애인에서 일반인이 된 겁니다."

믿기지 않는 현실은 긴 고통의 끝에 불현듯 다가온다. 두 번째로 멍한 느낌.

"이제 나도 일반인처럼 그들 속에 섞여 살아도 되는 거야? 진짜?"

그녀는 완치판정을 받았다.

2

시끌벅적한 사람들 틈 사이를 빠져나와 병원 현관을 나서는데 비가 내린다.

삽시간에 해운대를 향해 구불구불하게 이어진 비탈길이 비로 인해 온통 뿌옇게 변했다.

이제 막 내리기 시작한 비는 어떤 이로 하여금 비를 피해 뛰어다니게 하고 또 어떤 이들에겐 돌이켜야 할 기억처럼 온 몸으로 맞아내게 하고 있었다.

서희도 그들처럼 빗속을 달렸다. 빗방울이 차갑지 않다. 머리카락이 많이 자라서 단발이 되었으니까.

3

차를 몰았다.

빗속을 운전하다 도착한 바닷가. 멍하니 비 내리는 바다를 바라보았다. 나 완치래. 제표야. 나 완치래.

차에서 내려 바닷가로 향했다. 차갑게 젖은 모래가 발밑에 느껴진다. 이젠 제법 자란 머리칼이 바닷바람을 만나 흔들린다. 그리고 비에 젖는다.

비가 머리칼을 타고 얼굴로 흘러내려 그녀의 눈을 지날 때 그녀는 모자를 생각해냈다. 다 빠져 버린 머리카락. 그녀의 민머리를 지켜 주던 방울모자.

어디 있는지 몰라 한참을 찾아 헤매다 울어버린 모자.

이젠 쓸 일도 없고 쓰지 않아도 되지만, 그래도 다시 찾고 싶은 모자. 내 민머리가 아닌 나를 지켜주던 모자.

서희는 몸을 돌려 차로 달려갔다.

4

무언가에 홀린 것처럼 집으로 온 서희는 서랍
에서 여권과 가방, 카메라를 챙기기 시작했다.
어디를 가야 할지 어느 곳으로 향할지 그녀는 알
고 있다. 대충 챙겨 넣은 캐리어를 차에 싣고 공
항으로 차를 달렸다.

나는 이제 건강해. 그리고 모자를 사야 해.

비가 억수같이 쏟아져서 앞이 제대로 보이지
않았다. 아직 오후 세 시, 그런데도 주변은 어둡
고 스산했다. 아직 네온사인도 켜지 않은 시간이
라 더 어두웠다. 차들이 때 이른 헤드라이트를
켜고 달렸다.

서희도 헤드라이트를 켰다. 한 손으로는 운전
을 하면서 한 손으로는 핸드폰을 눌렀다. 여행사
는 전화를 받지 않았다. 항공사로 전화를 했지만
통화 중이다.

　그냥 공항으로 가는 거야. 그러면 탈 수 있을 거
야. 나 하나쯤은 실어다 줄 비행기가 있을 거야.

5

　김해 공항에 도착하자 빗속에 차와 짐을 끄는 사람들과 우산들로 인해 장마당이 따로 없었다. 떠나고 돌아오는 사람들 모두가 우울하고 힘들게 보였다.

　저 사람들은 전부 불행한가. 기분 탓이겠지. 비가 너무 내리니까 사람들도 정신이 없어 보여. 내 지난 시간들처럼. 벗어나고 싶어 미치겠는 거야.

6

항공사 창구를 찾았다.

"유럽으로 가려고요."

"유럽 어디를 말씀이십니까? 고객님!"

"런던."

"오늘 저녁 맞습니까? 고객님!"

"그래요. 저녁이든 새벽이든 제일 빠른 걸 주세요."

항공사 직원은 인형처럼 상냥하게 변화 없이 입 꼬리로 웃었다. 마치 성형수술이라도 한 것처럼 입 꼬리의 미소는 움직이지 않았다.

"오늘 오후 6시 출발입니다. 좌석은 비상구 옆

좌석인데 괜찮으시겠습니까? 고객님!"

"고마워요."

티켓을 들고 돌아섰다. 대기실 의자에 앉아 캐리어를 돌아보았다. 그때 그 캐리어 그대로다. 제표는 내게 캐리어 고르는 법을 가르쳐 주었다.

'퉁퉁 쳐 봐. 플라스틱이 두꺼워 움직이지 않고 소리도 심하게 나지 않아야 해.'

그때 산 캐리어를 다시 가지고 나왔다. 퉁퉁 ~~ 손으로 두들겨 보았다. 여전히 튼튼하다. 나처럼 튼튼하다.

피식! 웃음이 나왔다.

7

　스낵으로 가서 우동을 먹었다. 커피를 사서 창
가로 가 앉았다. 비가 너무 내려서 비행기가 뜨
지 않으면 어쩌나 했는데 다행히 비는 많이 사그
러지고 있었다.

　참 맑았는데. 너를 만나던 그 날은.

8

너를 처음 만난 날, 너에게는 우연히 나를 만
난 날이겠지만 나에게는 이 세상이 확 엎어져버
린 날이었다. 해운대의 멋대가리 없이 크기만 한
병원, 하늘은 너무 맑고 푸르고 흰 구름이 예쁘
게 떠다녔다. 좋은 날이었다. 그리고 내가 암 판
정을 받은 날이었다.

'유방암입니다. 수술이 급합니다.'
'수술이 급해요?'
'그렇습니다. 그냥 방사선 치료만 가지고는 어
려울 것 같습니다.'

아. 네. 그렇군요. 내 가슴을 도려내겠다고 하시
는군요. 싹둑 잘라내겠다고 하시는군요. 그러시는
게 좋겠네요. 잘라내면 목숨만은 살려주신다니.

9

　병원을 나섰다. 현관에서 기다리고 서 있는 언
니를 쌩 까고 슬쩍 그냥 나와 버렸다. 혼자 바보
처럼 길을 걸었다. 햇빛에 눈이 부셨다. 날이 좀
추웠다. 더 추웠으면 좋겠다. 그러면 정신이 번
쩍 날 테지.

10

길을 걷다가 바다 방향으로 걸어 나갔다. 한
블록만 나가면 바다가 보인다. 언제나 수많은 사
람들이 바다를 보러 와서 해가 지고 다시 뜰 때까
지 놀곤 하는 바닷가. 이제 인파가 많이 줄어들
었을 테니까 그냥 가서 바람이라도 쏘이자. 그러
면 정신이 들겠지.

11

    눈에 보이는 맑고 청명한 바다가 아니었다. 바람이 세차게 불어서 볼이 다 얼얼했다. 저 먼 바다 한가운데의 어느 이름 모를 섬으로부터 바람이 불어왔다. 바람결에 노래가 들려왔다. 환각일 수도 있다. 노래를 들으면서 바다를 향해 걸어갔다.

    자고 싶어.

12

누군가가 나를 확 낚아채서 깜짝 놀랐다.

"뭐예요?"

나는 바다에 넘어지지 않으려고 들면서 나를 낚아챈 남자를 쏘아보았다. 나도 남자도 반은 물에 빠진 상태였다. 그러니까 누가 먼저 물에 들어왔는지는 모르지만 이미 너무 깊게 들어와 버린 것이었다.

"물에 빠져 죽기에는 좀 춥죠?"

"뭐라고요? 누가 죽어요?"

남자는 베이지색 면바지에 체크무늬 셔츠를 입고 그 위에 스웨터를 걸치고 있었다. 눈이 크고 입도 크다.

"계속 그렇게 들어가시면 죽어요."

나는 그제야 주변을 둘러보았다. 멀리서 사람들이 나와 남자를 보며 수군대고 있었다.

나는 침을 꿀꺽 삼켰다. 그러니까 나는 자살을 시도하는 것으로 보인 거구나. 그래서 남자가 황급히 달려와서 나를 잡아챈 거구나. 이렇게 추운 날 허리까지 물에 잠기도록 바다로 향하면 영락없는 거지.

"웬만하면 나갑시다. 내 다리에 얼음이 들어와 박히는 것 같은데 그쪽은 '산삼'이라도 드신 겁니까?"

서희는 말없이 돌아섰다. 그리고 주변 시선에 아랑곳하지 않고 그냥 모래밭으로 걸어 나왔다. 남자가 등 뒤에 따라오고 있는 게 느껴졌다.

모래밭으로 나와서 잠시 바보처럼 서 있었다. 신발이 없었다. 신발만 없는 게 아니었다. 가진 게 아무것도 없었다. 당연히 없을 수밖에 없다.

가방과 웃옷을 언니한테 맡겨놓고 혼자 의사를 만났으니까. 만일을 생각해서 같이 들어가려는 언니를 막무가내로 대기실에서 기다리도록 했으니까.

"신발 없어요?"

남자가 물었다.

할 말도 없고 어떻게 해야 할지도 몰라서 그저 맨발을 내려다보며 생각했다. 신발은 어디에 벗어두었을까. 핸드폰은? 그렇지. 언니가 오른손에 자기 핸드폰, 왼손에 내 핸드폰을 들고 있겠구나.

"죽을 때에는 보통 신발과 소지품을 한곳에 가지런히 놓고 죽지 않습니까?"

고개를 들어 남자를 노려보았다.

"아 물론 특별한 사람들도 있겠죠. 자기 흔적을 싹 지워버리고 싶다거나."

"죽으려고 한 것 아니거든요?"

앙칼지게 쏘아붙였다.

"아, 그럼 겨울바다가 얼마나 차가운지 시험해

보고 싶으셨습니까?"

"그게 아니라~~"

도움이 필요했다. 그래서 능글맞은 남자의 태도에 비위가 확 상했지만 참기로 했다. 커다란 입을 벌리고 웃는 게 성격 하나는 참 좋게 생겨먹었다.

"잠들고 싶어서 그랬어요."

"아, 영원히"

남자는 고개를 끄덕이더니 신고 있던 구두를 벗었다.

"신어요."

남자는 양말도 신지 않은 맨발이었다.

"네?"

"신으라고요. 일단. 길로 나가면 뭐든 파니까 거기 가서 수습합시다."

서희는 잠자코 남자의 구두를 신었다. 이럴 때는 말을 듣는 게 좋을 것 같았다. 사실 자각하기 시작한 때부터 모래밭에서 얼음이 발바닥을 찔러 오는 것 같았다. 산삼 같은 건 먹은 적 없다.

편의점에서 양말을 사고 실내화를 샀다. 남자는 양말과 구두를 신었고 나는 양말과 실내화를 신었다. 돈은 남자가 내야 했다. 나는 무일푼이었다.

"이제 조금은 수습이 된 것 같지 않습니까?"

"그러네요."

처음으로 남자를 똑바로 쳐다보면서 웃었다. 아니. 웃었는지 찡그렸는지 사실 확실하지는 않다. 내 기억으로 그렇다는 것뿐이다.

"자, 그럼 이제 어디 가서 따끈한 커피라도 한 잔 하면서 겨울바다에 대해서 진지하게 논의해 봅시다."

남자는 손가락이 여자처럼 긴 손을 내밀었다.

"제표라고 합니다. 한제표."

"연서희예요."

손을 맞잡았다.

비행기에 올랐다. 비상구 옆자리를 맡은 덕분에
자리가 좀 넉넉했다. 제표가 알려 준 요령이다.

'앞자리에 타고 통로 쪽에 타야 해. 좌석 배정
을 그렇게 받아야 밥도 식지 않은 걸로 먹고 화장
실도 먼저 갔다 올 수 있지.'

'근데 통로 쪽은 왜?'

'발을 가끔씩 통로 방향으로 뻗을 수도 있고
특히 화장실 가거나 할 때 자유롭지. 안쪽에 앉
으면 옆 사람을 신경써야 하잖아.'

'오케이. 알았어. 앞 좌석.'

'그보다 더 좋은 건 운이 좋아야 맡는 자리인

데 공항에 일찍 도착하면 가능한 자리야.'

'그게 어딘데?'

'비상구.'

'비상구?'

킥킥 웃었던 기억이 난다. 죽을까 봐 비상구에
앉는 건가. 사고 나면 빨리 탈출하려고 비상구에
앉는다는 건 좀 웃기다.

'타보면 알게 돼.'

타보니까 알 만하다. 비상구는 앞이 다른 좌석
들보다 훨씬 넓다.

15

　비행기 날개의 깜빡이는 점멸등만 보이는 야간 비행이 시작되었다. 영화라도 볼까 하다가 그냥 눈을 감고 음악을 듣기로 했다. 깜빡 잠이 들었다. 꿈속에 제표가 나타나서 말했다.

　'지구는 우주에서 보면 먼지와 같아. 빛도 없는 왜소하고 초라한 혹성이지. 하지만 태양이 자기를 태우면서 밝은 빛을 비춰주니까 푸른 별이 된 거야. 아니면 있는 줄도 모르게 시커먼 색일 거야.'

16

처음 만나 남자에게 그렇게 개겨본 일이 없다.
무엇에 씌인 건지 모르지만 가족들에게 돌아가고
싶지 않았다. 가족이 싫어서가 아니라 가족들의
걱정이 싫다. 가족 앞에서 내 초라함은 극에 달
했다.

"커피보다 먹을 걸 좀 사주시면 안 될까요?"

"부산 시내에서 사드리면 되는 거지요?"

"아마도."

"그럼 문제 없습니다. 생각해 두신 메뉴는?"

"튀긴 것."

"아, 좋습니다."

17

술이라는 걸 처음 마셨다. 누구도 믿지 않을 얘기지만 나이 마흔이 다 되도록 술이라고는 마셔보지 않았다.

"이왕이면 술도 사주세요!"

개기기로 했다. 보아하니 그다지 없어 보이지는 않는다. 그리고 쩨쩨해 보이지도 않는다. 일본식 튀김집에 자리를 잡고 주문하는 말투나 행동으로 보아 세련되기도 했다. 뭐 나이가 나보다 어려 보이니까 술 취해서 같이 자게 되더라도 손해날 건 없다.

"어떤 술을 좋아하십니까?"

"모르죠. 사실 아직 한 번도 마셔보지 않았으니까."

제표의 눈이 동그래졌다.

"뭘 그렇게 놀라요?"

"실례지만… 그러니까 나이는 그래도 제법 내 바로 아래 동생뻘은 되어 보이는데…."

"몇이세요?"

"서른넷입니다."

"누나라고 불러요. 마흔이 내일이에요."

하하하~~~

제표는 유쾌하게 웃었다. 거짓말로 들리나 보다. 워낙 어려 보여서 오해를 많이 받는 편이다. 젊어 보여서 좋겠다는 말은 꼭 맞는 말은 아니다. 가끔 억울한 일도 많이 당한다.

"진짜인데 가진 게 없어서 증명해 드릴 수가 없네요."

"그런데 술이 처음이라고요?"

"처음이에요. 평생 술 안 마시려고 했어요. 흥

미도 없고요."

"그런데 왜 갑자기 마음이 변하셨습니까?"

"이제 마지막으로 마셔야 하니까 그렇죠."

"왜 마지막이라고 하십니까? 아직도 차가운 바닷물에 뛰어들 결심이 바뀌지 않으신 겁니까? 이왕이면 따뜻해지는 봄날까지 기다리시는 건 어떨지."

"죽으려고 한 건 아니라니까요? 그냥 잠들고 싶어서….."

"저 차가운 바다에 누워서?"

"하여간 죽으려는 건 아니에요. 어차피 알아서 죽여 줄 텐데 뭐 하러 스스로 죽어요?"

"누가 죽인대요?"

"암!"

"암?"

"술이나 시켜요. 제표씨 마시고 싶은 걸로."

나는 내가 말해 놓고도 처량 맞아 보일 내 모습이 싫었다. 아프다는 건 이런 거구나. 누군가에게 측은해 보이고 궁상스러워 보이는 거구나.

이제 가족들은 또 죄다 모여서 가족회의를 열겠지. 우리 가엾은 서희를 어떻게 해야 하나. 우리 불쌍한 서희. 어떻게 하면 완치할 수 있을지 온통 쏟아놓은 얘기들로 넘쳐나겠지.

싫다. 복도 지지리도 없지. 어쩜 저리 복이 없을까.

18

　울었던 것 같다. 옆자리의 나이 지긋한 아주머
니가 서희에게 휴지를 건네주었다. 창밖은 여전
히 어두웠지만 안내방송은 이제 곧 히드로 공항
에 도착한다고 알려왔다. 아, 그렇구나. 서쪽으
로 날아왔으니까. 서희는 정신을 차리고 주섬주
섬 내릴 준비를 했다.

19

히드로 공항은 9시였다. 자칫하면 차가 끊어질 시간이어서 사람들은 재빠르게 움직였다. 겨울 이고 밤이 늦은 시간인데도 불구하고 여행객들로 북적였다.

서희는 캐리어를 끌고 로비를 가로질러서 렌터 카를 빌리러 갔다. 그런데 렌터카를 빌리는 창구 에 사람이 없었다. 데자뷔. 언제인가도 이랬었다 는 기시감이 확 몰려들었다.

당황했다.

그때는 제표가 있었다. 뭐든 알아서 해 주는 제표가 있어서 그러거나 말거나 종알종알 잔소리만 해 대면 그만이었는데.

그러고 보면 제표는 서희의 잔소리나 투정을
잘 받아주었다. 술을 마시는 것도 처음이자 마지
막이고 태어나서 처음이자 마지막으로 부려 본
술주정이었다.

"재미있지 않아요? 평생 나쁜 짓 안 했고 술 담배도 안 했고 그냥 열심히 살았는데, 살다가 그 망할 놈이 지랄을, 아 뭐 그건 그렇다고 쳐요. 나쁜 자식들은 잘만 사는데 왜 내가 암이냐고요. 이러면서 무슨 하느님이 하늘에 있다는 거예요? 있겠어요? 있으면 대따 멍청한 하느님이지."

내가 술을 얼마나 마셨는지는 모른다. 기분 더러운 상태로 마신 술이어서인지 되는 대로 지껄이고 욕을 하고 웃다가 울다가 별 생쑈를 다했다. 나중에야 알았다. 내가 맥주 딱 두 잔 마셨다는 것을.

항암치료는 끔찍했다. 수술하기도 전에 항암치료로 죽을 것 같았다. 혈관을 통해 들어간 빨간 항암제는 핏빛이었다.

피와 핏빛의 항암제가 만나는 순간 속이 다 뒤틀리고 열이 나기 시작한다.

머리에 통증이 나면서 구토가 시작됐다. 어떨 땐 토하지 않으려고 수면제를 먹기도 하고 멈추지 않는 구토로 인해 화장실 바닥에 주저앉아 쓰러진 날도 있었다.

보름째. 머리카락이 빠지기 시작했다. 나는 제표를 만나고 싶지 않았지만 가족에게 기대는 건 더 싫어서 제표에게 의지했다.

제표는 나를 집에서 병원으로 병원에서 집으로 차에 태우고 다녔다. 그러면서 이것저것 치다꺼리를 시작했다.

처음으로 내가 사는 초라한 원룸에 제표가 들어서게 된 날, 나는 창피해서 그를 밀어내고 싶었다. 그를 매몰차게 내보내지 못한 것은 내가 너무 외로워서 죽을 것만 같아서였다.

"작은 방이 있어. 자도 돼."

제표는 말없이 사들고 온 식료품들을 냉장고에 넣기 시작했다. 그의 뒷모습을 보다가 슬며시 가서 끌어안았다.

"고마워."

제표는 가만히 서서 내가 등짝에 얼굴을 묻고 울도록 내버려두었다.

"나 섹스 할 수 있을까?"

"그런 걸 뭐하러 해?"

"제표랑 하고 싶어서."

"몸에 무리 갈 수 있으니까 다음에 얼마든지…."

"싫은 거구나?"

"아무 말이나 막 하지 마."

"언제나 할 수 있을 만큼 좋아질까?"

"곧 그렇게 될 거야."

22

곧 그렇게 될 거라고 했지만, 건강해지려면 먼저 수술을 해야 했다. 그러니까 가슴을 도려내야 하는 시간이 초조하게 바작바작 다가왔다.

"나 어떻게 해야 해?"

"수술하면 되지."

"수술하다 죽으면 어떡해?"

"유방암 수술하다 죽은 사람은 없어. 뇌암도 아니고…."

"무섭다."

"무섭기는…."

"보름 남았어."

"알아. 그러니까 스트레스받지 말고 튼튼한 몸과 마음으로…."

"나 여행 가고 싶어."

응? 제표는 생각도 못했다는 듯 나를 바라보았다. 나는 제표의 눈을 들여다보면서 말했다.

"우리 여행 가자."

23

서희는 로비 한구석에 앉아 캐리어 안을 뒤졌
다. 지난 제표와의 여행 때 모아두었던 잡동사니
들 가운데 렌터카 회사의 전화번호가 있을 것 같
았다. 제표와 왔을 때에도 전화번호 하나에 의지
해서 렌터카를 빌렸었다.

마침내 렌터카 전화번호를 찾고 서투른 영어를
되는 대로 했다. 희한한 것은 제표가 당시에 전
화에 대고 떠들었던 문장들이 선명하게 떠오른다
는 거다.

나 영어 잘하게 된 거야? 서희는 혼자 뿌듯해했
다. 그냥 지하철이나 버스를 타도 되지만 굳이 렌

터카를 빌리고 싶었다. 그리고 제표 대신 내가 운전하고 싶었다.

제표와 달렸던 길을 그대로 달리고 싶었다. 그런데 방법을 모르겠다. 제표가 어떻게 해서 렌터카를 빌렸는지 오리무중이다. 불가능. 불가능. 전화에서 상대는 그렇게만 반복했다.

24

어쩔 수 없이 전철을 타고 '킹스크로스' 역으로 향했다. 가는 길에 전화를 걸었다.

"사장님, 저 저번에 거기 묵었던 서희라고 하는데… 안녕하세요?"

"아, 네. 오랜만이에요."

"아, 제가 급하게 오느라 방 예약을 안 해서 전화 드렸어요. 혹 방이 있을까요?"

"잠시만요."

누군가를 향해 방이 있냐, 언제 들어오냐를 물어보는 소리가 들렸다.

"네. 3층 다락방은 비어 있어요. 다락방이라도

괜찮으시다면 오셔도 됩니다."

"아. 네. 감사합니다. 제가 이제 런던 도착해서
전철타고 가도록 하겠습니다."

25

서희는 그제야 창밖으로 펼쳐진 야경에 눈이
갔다. 여전히 똑같은 모습으로 여전히 인형 같은
그들 옆의 그녀는 이방인이었다. 동양에서 온 단
발머리의 여자. 처음 여기 오던 날은 자기의 불
안한 마음을 제표에게 풀었다. 낯선 곳에 처음
오는 불안감.

26

나는 좀이 쑤셨다. 6시간을 내내 편히 자는 제표를 보며 참 대단하다고 생각했다. 나머지 6시간도 답답해 화장실도 가고 혼자 망상에도 사로잡히고, 잠들은 제표의 얼굴을 꼼꼼히 해부하는 걸로 숨이 턱까지 왔을 때에야 히드로 공항에 도착했다.

제표만 믿으면 되겠지 해 놓고서는 다시금 '여행 영어 이거면 완성'을 펴든다.

"검색대에서 물어보면 어떡하지?"

"혹시 따로 질문받으면 어떡하지?"

까다롭기로 유명한 입국심사는 나를 더 불안하게 하고 길게 늘어선 줄에는 내국인과 외국인이 차이가 확연하게 났다.

"뭐야. 사람차별도 아니고….."

괜스레 퉁명스럽게 뱉어놓고 조금씩 줄어가는 공간을 당겨가며 줄을 서고 있다. 유색인종이라 성차별을 하는 것은 아니지만 그녀에게 흑인, 이렇게 많은 사람들을 한꺼번에 보는 것이 처음이라 신기하기만 했다. 그들의 말소리와 그들의 고향 냄새가 감당하기 힘들 즈음 나와 제표는 공항 검색대를 통과했다. 역시 우리의 제표가 가족이라며 같이 검사받고 몇 마디 나누더니 통과. 그래도 사실 살짝 긴장한 티가 났었다. 그들의 유창한 영어를 알아듣기에는 말이 너무 빨랐다.

"아 드디어 영국 런던이구나."

흥분한 내 얼굴을 보며 제표가 웃었다. 알아듣지 못할 영어와 잡담소리들.

도착한 영국은 살짝 날씨가 흐렸다. 내 짐은 엄청났다. 여행 초짜라고 광고하는 것과 같았다. 캐리어 28인치 2개, 기내용 1개, 각자 배낭 1개

씩 이 많은 짐들을 어찌 끌고 전철을 타고 숙소로
이동할지가 의문이었다.

작은 캐리어 하나만을 나에게 맡긴 제표는 내
걱정을 뒤로 하고 전철을 타기 위해 티켓을 끊어
왔다. 제표와 나는 '킹스크로스' 역으로 향했다.

여기저기 인형 같이 예쁜 여자들만 있으리라
생각한 나는 몸매가 어마어마하게 거대한 그들을
보며 감탄했다.

"정말 크다. 엄청 커."

킹스크로스역. 비가 부슬부슬 내리기 시작했다.

"우산도 없는데 어쩌지? 짐 때문에 우산을 펼
수도 없고."

아무것도 모르는 나는 민박집은 찾기 힘들고
비는 오고 짐은 많고, 끙끙대며 여기저기 전화
를 해 대는 제표를 멀뚱멀뚱 쳐다 볼 수밖에 없었
다. 결국 민박 여주인이 알려주는 위치로 무작정
캐리어를 끌고 갔다.

"도대체 어딘 거야?"

몸은 14시간 비행으로 힘들 만큼 힘들었고 오르막길에 캐리어가 잘 끌어지지도 않고 무슨 짐을 이리 많이 싸왔지 후회가 막 밀려들 즈음 거리 한쪽에서 민박집 여주인이 급하게 다가왔다.

"미스터 한?"

너무나 반가워 얼싸 안으며 고생 많았다 말하며 힘겹게 밀고 가던 28인치 캐리어를 하나 끌고 앞서간다.

15분쯤 걸어가서야 영국 특유의 긴 창이 있는 다락방이 보이는 예쁜 주택. 주인은 자기도 유학을 와서 사랑하는 사람을 만나 정착했다고 이렇게 한국 사람들을 볼 수 있는 이 일이 행복하다고 너스레를 떨었다.

힘센 제표는 주인장의 배려로 4인실 다락방을 독실로 쓸 수 있다는 얘기에 단박에 28인치 캐리어를 들고 그 좁은 계단을 통해 3층까지 올라갔다.

나는 안도감과 설렘에 다락방 비스듬히 난 긴 창이 너무도 영국스러워 창에 매달려 구경에 빠졌다.

조그마한 마당이 보이고 옆으로 따닥따닥 붙어 있는 집들이, 비오는 풍경이 낭만적으로 보였다. 추위도 많이 타서 전기장판도 가져오고, 음식을 가리니 밥통도 들고 오고, 갖가지 요리를 해 준다고 해서 양념들에, 라면 마른 김까지 굶어죽지 않으려고 바리바리 싸온 캐리어까지 옮긴 제표는 침대에 쓰러져 누워버렸다.

아무것도 모르는 나를 데리고 여기까지 와 준 마음도 있었지만 힘들게 전철에, 비에 캐리어까지 챙겨온 제표는 마냥 좋지만은 않은 얼굴이었다.

"아. 이제 둘만의 장소다."

나는 들떠서 제표를 돌아보았다. 제표는 피곤한 몸을 일으켰다.

"먼저 씻어."

나는 욕실로 향했다. 욕실 거울 앞에서 내 몸을 바라보았다. 갑자기 거울에 비친 내 젖가슴 한쪽이 흐려져 보였다.

27

　뿌옇게 흐려진 욕실. 오랜 시간의 비행으로 지친 나는 한참을 뜨거운 물에 몸을 내 맡겼다. 샤워기에서 흘러내리는 물은 머리카락 한 올 남아 있지 않은 머리에서 얇아져버린 어깨를 지나 가슴을 스쳤다.

　오래 보아 두자. 너의 가슴. 꼭 기억해 둘게. 잃어버릴 누군가에게 말하듯 나는 혼자서 그녀에게 말을 걸고 있었다.

　멍하니 물줄기를 맞고 욕실은 뜨거운 김으로 앞도 보이지 않을 즈음 따스한 물에 몸은 노곤해졌다.

"서희야. 안 나와?"

나를 부르는 제표의 목소리에 퍼뜩 정신이 들었다. 나는 머리를 닦고 온몸에 긴 타올을 두르고 서둘러 욕실을 나왔다.

"뭐야. 왜 그리 오래 있어? 걱정했잖아."

제표는 욕실에서 한참을 나오지 않는 나를 걱정했었나 보다.

"미안. 따뜻한 물에 오래 있었더니 시간이 이렇게 지난 줄 몰랐네."

그도 그럴 것이 내가 욕실에 들어가고 난 뒤 제표는 28인치 캐리어 2개를 다 정리해 놓고 있었다.

"그래. 그래도 소리라도 내고 그래. 걱정되니까. 알았지?"

한 번 더 당부를 마친 제표는 욕실로 향했다. 제표가 욕실로 들어가고 혼자 남은 나는 긴 유리창 너머로 은은히 비쳐드는 가로등 불빛을 보며 창가에 걸터앉았다.

창 너머 집집마다 전등이 켜지고 크리스마스

시즌이라 그런지 알록달록 예쁜 트리의 불빛들이 창문을 통해 새어나왔다. 참 예쁘다. 가족이란, 집이란 그런 것인가 보다.

갑자기 가족들이 보고 싶어진 나는 추워서 얼른 침대 속으로 들어갔다.

"아, 따뜻해."

내가 추울까 봐 전기장판의 온도를 높여놓아서 침대 안은 포근하고 따뜻했다. 긴 비행으로 피곤하고 힘들었던 나는 런던의 설렘도 잠시 잊고 따뜻한 침대 덕분에 잠이 들어버렸다.

어디선가 향긋한 비누향이 났다. 프리지아 향 같이 달콤하기도 하고 마린블루같이 톡 쏠 것 같은 시원함이 느껴지는 것도 같다.

등 뒤로 차가운 손길이 닿고 머리 뒤쪽에 제표의 숨결이 느껴졌다. 그 차가운 느낌은 내 민머리에 닿고 조용히 천천히 입을 맞추고 있었다. 등 뒤로 들려오는 그의 심장소리, 아니 들리지 않고 피부를 타고 심장에서 미친 듯이 뿜어져 나오는 혈관처럼 나를 흔들고 있었다.

"아~~"

내 입에서 나도 모르는 탄성이 나왔다. 그의 숨결 하나로 그의 입맞춤 하나로 내 온몸은 그저 활화산처럼 타오르기를 기대하고 있는 것이다.

그런 나에게 제표는 어떤 성급함도 없이 가만히 나를 안아주고만 있었다. 머리에 느껴지는 그의 입술 감촉만이 서로가 서로를 지극히 원하고 있음을 말하고 있었다.

한동안 시간이 멈춘 듯했다. 아니 멈추기를 바랐다. 베수비오 화산이 도시를 삼킬 때 죽어가던 그 순간에도 헤어짐이 아쉬워 한 몸이 된 연인들처럼 어쩜 나도 제표도 서로의 마음도 그런지도 모른다.

"제표야!"

"응."

"고마워~~"

"고맙긴 내가 더 고맙지. 잘 견뎌줘서 고맙고 이렇게 내 옆에 있어줘서 고맙고~"

그의 말이 가슴을 훑고 지나갔다. 그래 어쩌면 아픈 것도 그를 만나기 위해선지도 몰라. 그를 만나 이토록 사랑받느라 하늘의 저 놈이 시킨 일인지도 몰라. 나는 제표의 손을 가만히 내 왼쪽 가슴에 가져다 대었다.

"기억해 줘 내 가슴."

"그래~"

제표의 손에 쥐어진 자그마한 봉우리. 그 가운데 수줍은 듯 연분홍 유두가 만져졌다. 망설이는 제표의 손을 잡고 나는 유두를 꼬옥 쥐었다. 그리고 말했다.

"만져 줘."

어쩌면 곧 없어져 버릴, 아니 곧 없어질 가슴이라도 그에게 각인시키고 싶었다. 나를 잊지 말기를. 나를 잃지 않기를.

점점 빨라져 가는 그의 숨소리. 나는 그의 왼손

을 잡고 입술에 가져다 댔다. 길고 가는 손. 그의 손바닥에 입 맞추자 그가 흠칫 놀라는 것 같았다. 손가락 하나하나 입술로 핥아갔다. 그리고 가슴을 더 세게 움켜잡는 제표를 향해 돌아누웠다.

두근대는 그의 눈동자는 심하게 흔들리고 있었다. 나는 그런 그의 눈동자에 입술을 맞추고 코에 입술에 입을 맞췄다. 그의 입에서도 알 수 없는 탄식이 흘러나왔다. 그 사이 벌어진 입술을 나는 그의 달콤한 혀를 감싸기 위해 키스를 했다. 붉어진 그의 입술라인을 따라 떨리는 숨소리가 그의 목을 지나 늠름한 어깨로 서서히 내려와 있었다. 숨이 가빴다.

내 가슴보다 작지만 탄탄한 제표의 가슴 위에서 잠시 멈춘 난 그의 유두를 혀로 쓰다듬었다. 놀라는 듯 커진 그의 눈동자를 나는 얼굴을 들어 바라봤다.

그래 제표야~ 잊지 마! 내가 사랑하는 네 모습! 네가 사랑하는 내 모습도. 절대 잊지 말자.

우리~ 나는 제표의 눈을 한참을 바라봤다. 그리
고 그의 가슴을 지나 귓가에 속삭였다.

"사랑해."

제표는 그런 나를 꼭 끌어안고 내 손을 자신의
음부에 가져다 댔다. 그리고 그 손을 뒤로 빼고
내 가슴을 애무하고 유두를 힘껏 빨았다. 온 몸을
뚫고 짜릿한 떨림은 침대 여기저기로 옮겨갔다.

다시 못 올 사람처럼. 아니 다시 안 올 사람처럼
우리는 애절하게 서로를 갈구하고 원하고 있었다.

제표의 신음이 깊어가고 숨이 턱까지 차오
를 때 그의 눈을 바라본 나는 고개를 끄떡였
다. 서서히 제표가 나를 향해 들어오고 있었다.
세상을 다 가질 것처럼.

깊숙이! 진하게.

귓가에 그의 떨리는 음성이 들려왔다.

"나도 사랑해. 서희야."

28

환하게 창을 비추는 햇빛에 눈이 부셔 잠에서 깬 서희는 창가 옆 침대에 누워 잠시 아무 것도 하지 않았다.

바람이 하늘하늘 긴 커튼을 날리고 눈이 부시도록 긴 창은 하늘이 양껏 보이는 아침 풍경이었다.

새소리가 나서 창을 통해 위를 올려다보니 마당 한 켠 잎도 없는 나무 위에 새 한 마리가 앉아있다.

"너 거기서 뭐하니?"

알아들을 수 없는 새에게 말을 건네 본다.

눈을 감으면 들을수록 더 들려오는 새소리, 바

람소리, 햇빛소리. 공기 하늘 빨간 대문. 3층 다
락방. 여기가 런던인 것을 알려주듯 그들이 속삭
였다.

서희야, 잘 왔어. 그때처럼.

그때도 정말 좋은 날씨였다. 마치 제표와 내가
마음껏 돌아다니라는 듯 날이 좋았다. 아픈 내가
굳이 여행을 나서서 제표를 힘들게 했던 그날도
너무 날이 좋았다.

29

아침 새소리. 햇살.

전날의 비는 언제 그랬냐는 듯 화창하기만 하다. 영국에는, 특히 런던에는 맑은 날을 기대하기가 힘들다고 그러던데 우리를 반기는 것일까. 맑다.

첫 시작이 좋은 하루. 제표의 표정도 숙면 덕분인지 밝기만 하다.

"아침 먹어야지."

약 먹어야지. 제표는 항상 그렇게 말하지 않는다. 그렇지만 행동으로는 내 약부터 챙기기 시작한다. 아침을 거르지 않아야 하는 것도 약을 먹기 위해서다.

물끄러미 약 챙기는 제표를 바라본다. 약이 많기도 하다. 저렇게 많은 약을 한꺼번에 먹어야 살아간다는 게 한심하다.

30

주방에서는 여자 두 명이 웃으며 아침 인사를 한다.

"어디서 오셨어요? 저는 서울에서 왔어요. 제 친구랑."

대략 20대 초반인 그들이 참 예쁘고 부러웠다. 넷이 둘러앉아 주인이 끓여준 김치찌개에 밥을 먹는다.

나는 영국 한복판에서 쌀밥을 먹는 게 너무 신기하기만 했다. 제표는 밥을 먹으면서 관광객용 지도를 이리저리 들여다본다.

"오늘 일정은 런던의 중심 트라팔가 광장부

터다. 국회의사당, 런던아이, 템스 강변의 야시
장…."

"난 기마병하고 빨간 2층 버스가 보고 싶어."

"그건 그냥 집 나서면 보게 되는 거 아닐까?"

"어서 나가자."

수저를 놓다가 제표에게 손을 잡혔다.

"마저 드시지요? 아가씨."

"이 손 놓으세요. 아저씨."

"마저 드셔야 합니다. 사모님."

"잘하면 할머니라고 하시겠네요?"

"아침 안 드시면 곧 쪼글쪼글한 할머니가 되실
수도 있습니다."

다시 앉아서 제표의 감시 하에 아침을 먹었다.
약 때문에 끼니를 거르면 안 된다. 물론 몰라서
먹기 싫은 게 아니다. 항암제를 투여하면서 밥맛
이 좋은 인간은 지구상에 없다.

31

비가 내리는 트라팔가 광장은 여행객이 드문드문했다. 거대한 사자상이 입을 벌리고 그 옆으로 넓은 분수대… 사뭇 진지해지는 크기에 한참을 사진을 찍고 보고 싶었던 빨간 2층 버스도 신기한 듯 구경하는 나.

빅벤으로 재촉하는 제표에 손에 이끌려 횡단보도를 건너니 기마병처럼 경찰관들이 말을 타고 지나고 있다.

"와 신기신기~~"

내가 내 눈을 의심할 때쯤 거대한 시계탑이 보이고 입을 다물지 못하는 나에게 제표는,

"국회의사당이야."

아는 체를 하며 웃었다.

길거리 빅벤 앞 큰 길로 오니 제법 관광객이 많았다. 20대 초반에 와서 가물가물 하다며 길거리 잡화상에서 지도 하나를 새로 구입하는 제표. 지하철이며 관광지가 표시된 지도였다.

템스 강을 건너면 거대한 관람차가 보이고 영화에서만 보던 그 템스 강이 빅벤과 어우러져 장관을 이루었다. 여기저기 사람들은 강변 다리에 서서 사진 촬영을 한다. 남기고 싶겠지. 그날의 기억을. 또 그 기억으로 여러 날들을 살 수가 있겠지. 퍽퍽한 세상에 그쯤은 덧대어야 살아내지.

"나 전에 여기 왔을 때 돈이 없어서 런던아이를 타지 못했었어."

"얼마나 비싸길래?"

"지금으로 치면 안 비싸지. 그게 말하자면 스포츠카의 비애 같은 거야."

"젊어서는 돈 없어 못 타고 늙어서는 창피해서

못 타는? 런던아이를 타는데 창피할 게 뭐야?"

"그렇지? 비유가 이상하네. 타러 가자."

"근데 무서워 보인다."

문제는 돈이 아니라 고소공포증이었다. 난 사실 높은 곳이 무섭다.

꼭대기에 오르면 무서울 것 같다. 제표는 줄을 서고 나는 한 켠에 편하게 앉아서 줄에 선 그를 바라본다. 잘 생겼네.

내가 내 남자를, 잘생겼다고 하면 웃기지만 그런데 잘 생겼다. 옷을 사러 갔을 때 옷가게 점원이 남자 친구분 너무 잘생겼다고 할 때도, 음식점 주인이 어째 그리 잘났냐고 할 때도 민박집 주인이 그런 남친이 있어서 부럽다고 할 때도 난 인사치레라고 생각했다. 그러고 보니 제표를 처음 봤을 때 연예인인가 생각했었던 것 같다.

그때 저 남자, 스카프를 하고 있었던 것 같은데. 스카프가 멋있었어. 남자가 스카프를 했는데 저렇게 멋질 수가 있나 생각했으니까.

잡다한 생각에 멍 때리고 있던 내 손에 제표가 표 한 장을 건네주며 잡아 끈다.

"무서운데, 무서울 건데, 무서울 게 틀림없는데…."

"괜찮아. 생각해 봐. 저 높은 꼭대기에서 빅벤을 본다고 생각하면 설레지 않니?"

설레지만 무섭다.

"아이 씨! 무서워. 무서워."

그때의 나는 몰랐다. 이곳을 그리워하게 될 줄은. 비 내리는 유리창 너머 빅벤이 가슴 한곳에 아련한 그리움으로 흐르게 될 줄도.

런던아이는 바닥에 구멍이 뚫려 있어 아찔한 바닥을 바라보는 것도 묘미라 할 수 있다는데 겁 많은 나는 움직이는 것조차 버거웠다. 무섭다고 연신 딱 달라붙어 씩씩대는 나를 보며 제표는 귀엽다고 이마를 쓸어 넘겨준다.

"배고프지? 우리 이제 코벤트 가든 가보자. 맛있는 것도 멋진 것도 많을 거야."

32

비가 내리고 있었다. 서희는 예전보다 가볍게 차려 입고 민박집을 나와 걸었다. 제표에게 무섭다고 징징댔던 런던아이를 물끄러미 올려다 보았다.

이제 안 무서운데. 혼자 타는 게 무슨 의미가 있겠어. 빅벤을 내려다본들, 그게 뭐가 어쨌다는 거야. 그저 작게 보일 뿐이잖아. 빅벤도 런던아이도 무의미해진다.

비를 맞으며 걸었다. 비 좀 맞아도 돼. 아무도 쓰지 않는 우산을 꼭 쓰고 다녀야만 했던 그때는 비를 맞을 거라는 생각도 못했는데.

'완치되셨지만 면역력이 약해지셔서 감기나

이런 걸 조심하셔야 합니다.'

그렇게 들었지만, 지금도 옛날처럼 우산 속에 숨어서 지내기는 싫어.

마켓이 즐비한 거리를 향해 걸었다. 큼지막한 소시지를 숯불에 바로 구워 빵에 넣어주는 핫도그 가게가 그대로 있다. 핫도그 두 개를 샀다.

바보같이. 하나만 사야 하는데, 핫도그 두 개를 들고 길가의 돌단 위에 앉아 우적우적 먹었다. 맛있다.

눈물이 났다. 누가 보면 웃기겠지. 핫도그 두 개를 들고 길바닥에 앉아서 찔찔 울며 핫도그를 먹는 쪼그만 동양여자.

제표야. 나, 네가 너무 보고 싶어~

33

길 양 옆으로 상점마다 크리스마스 시즌을 앞
두고 알록달록 조명도 켜져 있다. 트리 소품이랑
모빌, 장신구들도 눈에 띄었다.

유독 눈에 띈 건 색깔별로 원을 그리듯 담겨져
있는 젤리들.

평소 설탕 덩어리라 먹지도 않던 나는 수십 개
종류별로 늘어놓은 젤리가 맛있어 보여 연신 '얼
마예요? 얼마예요?'를 물어가며 봉지 한가득 간
식거리를 담았다.

나는 추위를 많이 타는 탓에 겨울이면 꽁꽁 싸
매고 다니는데 추위도 잠시 잊었다. 걱정은 언제나

제표 몫이다. 출발할 때에도 방한용품이 한 가득이었다. 레깅스에 전기장판, 장갑에 목도리까지.

지금도 역시 넘어지면 일어나기 힘들 정도로 두꺼운 파카를 입혀놓고도 제표는 추위보다 비를 더 신경 썼다. 비가 많이 오는 곳이어서 짜증이 좀 나는 듯했다.

"아침에만 해도 좋았는데~"

제표는 하늘을 올려다보고 내 파카의 옷깃을 점검한다.

"인형 같다. 빨간 색 파카라서 더 그래."

인형이었으면 좋겠다. 인형은 아프지 않지.

34

보고 싶어 하던 빨간색 2층 버스. 빨간 2층 버스
도 거리 곳곳마다 장식된 트리도 여기저기 흘러나
오는 음악들도 참 들뜬 도시였다 11월에 런던은.

비와도 우산을 쓰지 않는 그들. 그들은 그렇다
쳐도 아이들까지 쓰지 않는 모습이 의외였다. 비
가 하도 자주 오기도 하고 그들에겐 이건 비로 생
각되지도 않는다며 이 정도면 그냥 맞고 다닌다
며 제표가 귀뜀해 준다.

걷다 보니 이곳이 런던이라는 생각이 더 든다.
담배를 피워 물며 걸어가는 여자. 늘씬한 길이의
다리만큼 작고 아담한 인형 같은 얼굴, 금발, 그

리고 여자들이 몰고 다니는 오토바이들.

한국에서는 생각해 볼래야 볼 수 없는 광경이
다. 여자가 오토바이를 즐겨 타고 어린아이가 엄
마에게 담배 불을 붙여주는 곳.

익숙해지기 어려운 모습들이 외국이라는 걸 더
욱 느끼게 해 준다.

예의바른 제표는 두리번거리며 구경하는 나 덕
분에 연신 길을 멈춰서는 그들에게 미안하다를
연발한다. 너무 그렇게 말하니까 내가 무슨 잘못
이라도 한 마냥 뽀로퉁해진다.

"여긴 그게 일상이야. 그들이 가는 길을 우리
가 멈춰 서서 돌아가게 했잖아. 그럼 미안하다고
하는 거야. 잘못이라서가 아니라."

"아니까 가르치려고 들지 마. 알지만 싫은 게
많을 뿐이니까."

"애기처럼!"

"내가?"

"아니. 저기 저….."

제표는 재빨리 길 건너를 가리킨다. 길 건너에
뭐가 있을 리 없다.

"죽을래?"

"나 죽으면 통역은 누가 하지?"

"누가 하는지 죽어서 구경해."

"안 돼. 딴 남자가 통역하는 꼴은 차마 못 봐.
내가 살아서 할래."

난 익살스러운 동작으로 달아나는 제표를 쫓아
갔다. 유치하지만 행복하다.

35

코벤트 가든에는 아기자기한 소품들이 어찌나 많은지 인형들과 조그마한 캔들 제품들 앞을 떠날 수가 없었다. 파운드화가 환율상 너무 높은 걸 알지만 막상 몇 파운드라면 싸게 느껴진다.

"조심해야지. 적당히 사야 해."

"그래도 예쁜 건 살래."

"필요하고 예쁜 걸 사."

"필요 없어도 예쁜 걸 살래."

거리의 악사들이 여기저기서 자기들의 가진 재주를 뽐낸다. 이번에는 예쁜 물건들보다 예술가들에게 정신이 팔려버렸다.

"신기하네. 서로 교대로 연주하잖아."

"그래야 소음이 되지 않으니까."

카페 한켠에 앉아 맥주와 와인을 시켰다. 와인
은 멋으로 시켰다. 항암치료 중에 술 마시는 정
신병자는 없다. 아, 자살을 할 생각이라면 미치
지 않고도 가능하겠다.

제표는 걱정스러운 눈빛으로 바라보았다.

"괜찮아. 느낌만 즐길 거야."

계단 아래쪽에서는 음악이 흐르고 많은 이들은
테이블마다 설치된 난로에 손을 녹이며 음악을
들으며 잡담을 나누었다.

"내가 검색해 둔 게 있어."

"또 먹어?"

"먹어야지. 얼마나 맛있는데."

"배 안 고픈데…."

"밤에 배고파지면 어쩌려고 그래?"

제표는 나에게 '약 먹어야지.' 그렇게 말하지
않는다.

36

그 사람은 그때 벽에 쓰인 숫자만 보고 어떻게
찾았을까. 서희는 도무지 제표와 함께 갔던 파스
타 집을 찾을 수가 없었다.

맛집이면 맛집답게 뭐라고 표시 좀 해 두어야
하는 것 아냐?

그때는 제표가 안내하니까 어린아이처럼 졸졸
따라가는 바람에 그런 생각도 못했지만. 벽에 쓰
인 숫자는 가다 말고 툭툭 떨어졌다.

몇 번을 반복해서 찾고 있지만 왜 꼭 찾아야 하
냐고 누군가가 묻는다면 서희로서는 대꾸할 말이
궁색하다. 좀 유치하다.

'그 집 파스타가 맛있거든요.'

'그 집에서 사랑하는 사람하고 같이 파스타를 먹었거든요.'

아무래도 상관없다. 찾아야겠어. 그냥 찾아야만 할 것 같았다. 이대로는 더 이상 아무 것도 할 수 없을 것 같다기에 무엇도 할 수 없는 상태가 되어버릴 게 틀림없다. 마치 통로가 막혀서 더는 나아가지 못하는 생쥐처럼 이 거리를 맴돌 게 틀림없다.

두 시간이 넘도록 돌아다니는 동안 밤이 깊어졌다. 결국 찾아내고 말았다. 조용한 길 한켠에 계단을 타고 내려가는 반지하 카페.

혼자 들어서기가 조금은 이상했지만 들어가려고 그토록 찾았으니 들어가야 했다.

제표와 왔던 그대로 예쁜 소품들로 장식된 실내는 고소한 크림 냄새가 가득했다.

둘이나 혹은 셋이 앉아서 도란도란 대화하며 파스타나 피자를 먹는 중이다.

하나. 서희는 안내하려고 나타난 종업원에게 손가락을 하나만 들어보였다.

나 혼자 왔어. 뭐 어때. 사랑하는 사람은 이번에 못 왔어. 나 혼자 모자 하나 살까 하고 왔거든. 그렇다고 구석으로 안내하지는 마. 그러면 좀 처량 맞으니까.

자리에 앉아 빵 속에 담겨져 있어서 맛있어 보이는 크림파스타를 시켰다. 이름은 모른다. 제표가 알려주었지만 까먹었다.

아, 이번에는 와인을 시켰다. 이제는 흉내가 아니라 진짜로 마시려고 시켰다.

37

밖으로 나오자 비가 내리고 있었다. 이번에는
좀 많이 내려서 우산이 필요했다. 그런데 우산을
파는 가게는 보이지 않는다. 유럽 아니랄까 봐
이미 대부분의 가게들은 문을 닫아버렸다.

서희는 비를 물끄러미 바라보다가 마음 단단히
먹고 걷기 시작했다. 비에 젖으면서 걷다가 문득
발을 내려다보았다.

신발이 물에 젖어들고 있었다.

38

이틀이 지나 몸도 마음도 조금은 지친 날 밤에
는 비가 미친 듯이 내렸다. 빗속에서 우리 둘은
하루 종일 강행군을 했다.

그러다가 난 제표가 피카딜리의 신발 가게에서
유심히 신발을 들여다 보길래 마음에 드나 보다
싶었다. 외국에 나오면 지독하게 돈을 아끼는 제
표의 성격을 알아서 물건을 별로 사지 않을 것으
로 알았는데 신발만은 자꾸 만지작대는 게 사고
싶은 모양이다.

"사. 비싸지도 않네."

"꼭 신발을 외국에서 외화로 사야 할까?"

"그 말 열 번째 들었어."

난 말도 안 통하면서 대뜸 제표가 만지작대던 신발을 집어 들고 안으로 들어갔다. 그제야 제표가 얼른 따라붙었다.

"신발도 사고 그래야 여행이지. 아저씨가 애국자인 건 알겠는데요, 머나먼 땅에 와서 너무 자린고비처럼 굴지는 말라고요."

신발을 사고 돌아서서 나오다가 건물 옆의 층계에 걸터앉는 제표를 보고 나는 이 남자가 왜 또 그리 급하신가 했다.

그런데 신을 벗은 제표의 발이 하얗게 두부처럼 붙어 있는 걸 보고 깜짝 놀랐다.

"신발이 온통 물에 젖었던 거야?"

"응. 런닝화라서 물이 들어왔어."

"그런 걸 하루 종일 신고 다녔다는 말이야?"

"비가 그치면 괜찮겠지 했는데, 숙소에 가서 말리면 되지 싶어서."

"기가 막히네. 정말."

나는 여행 중 처음으로 울컥 했다. 발이 이 모양인데 태연히 웃고 떠들면서 돌아다녔다니.

"갈아 신으면 돼. 방수가 잘 되어 보이지?"

"한심하네."

"그렇게 말하지 마."

제표는 신발을 신고서 내려다본다.

"발이 젖은 거지 부은 건 아니니까."

"그렇게 되도록 돌아다녀야 하는 이유라도 있어?"

"지금 하나라도 더 봐야 하잖아."

"건강할 때?"

난 나도 모르게 쏘아붙였다. 제표가 황당한 표정이 되어서 나를 쳐다보았다.

"그게 아니라 어렵게 온 여행이니까."

"힘들게 다니는 건 싫어."

"이 정도는 힘든 게 아니잖아."

"힘들어."

비가 너무 내려서일까. 아니면 지쳐서일까. 난

제표를 향해 괜한 짜증을 부렸다.

"아, 그래. 그럼 이제 돌아갈까?"

"아까 해지기 전에 돌아가자고 했잖아."

"런던브릿지를 볼 시간이 오늘밖에 없으니까 그랬지."

"나 아픈 것보다 런던브릿지가 중요해?"

"그게 무슨 말도 안 되는 소리야? 난 런던브릿지 야경 벌써 봤거든?"

유치해진다. 서로 사귀면 당연히 유치해진다. 아무리 우아하고 넉넉하고 성격 좋아도 서로 사귀면 날카로워지고 틈만 보이면 서로를 할퀸다.

"피곤해. 자고 싶어."

왜 갑자기 지난 상처가 떠오르는 걸까. 지독하게 고집스럽던 남자. 자기가 하겠다고 생각하면 기어이 해야만 하는 남자. 그런 남자와 몇 년을 죽도록 싸웠다.

몸과 마음이 만신창이가 되도록 싸웠다. 그리고 마침내 그 남자와 헤어지면서, 이제 두 번 다시 남자 따위와는 사랑은커녕 절친도 되기 싫었다.

그런데 이 남자, 혹시 집요한 게 같은 걸까.

이기심과 집요함은 차이가 없다. 아무리 매너가 좋고 배려가 있어도 집요함을 가진 사람의 아집은 언제인가는 나타나게 되어 있다.

너무 싫은 건 집요함이 결국 이기적이라는 점이다. 자신이 추구하는 바를 완성하지 못할 때에 나타나는 그 이기적인 사람의 행동으로 충분히 상처받았고 이제 더는 그런 두려움과 맞서기 싫었다.

괜한 걸까. 상처를 입은 사람들은 위험하다고 하지. 내가 그런 걸까. 그런 걸지도 모르겠다.

39

텐스 강 너머 런던타워는 주위 불빛만큼 아름
다운 자태를 뽐내고 있었지만, 우리는 서먹서먹
한 채 전철을 타고, 길을 걸을 때도 서로가 앞서
거니 뒷서거니 하는 틈으로 괜히 슬퍼했다.

아무도 아는 사람 없는 이 먼 타국에서 조그만
서운함은 자칫 이별을 부르고 아픔을 낳는다. 우
리에게는 무엇도 들리지 않을 사랑이 있지만, 사
랑하는 사이에는 언제나 연인의 미묘하고 유치한
싸움이라는 독이 든 사과를 같이 맞잡고 있을 수
도 있다.

지친 몸을 이끌고 숙소로 도착한 우리는 말이

없었다. 그저 지친 자신의 몸과 그 속에 자리한 서운함만이 공간을 메우고 있었다.

민박집 여주인의 살가운 반김에도, 같이 숙박하는 여행자들의 안부에도 그저 영혼 없는 대답을 던져놓고 침대로 향해 버렸다.

"라면이라도 끓여먹을까? 힘들었을 텐데… 오늘 너무 무리한 것 같네. 하루 종일."

살가운 말이다. 지쳐있을 나를 위로해 주는 그 말 한마디에 또 괜한 눈물이 난다. 제표는 그렇게 말하고 서희를 바라보다가 그냥 고개를 숙이고 욕실로 향했다.

조용한 런던의 주택가.

비가 오는 골목이 갑자기 을씨년스럽다. 3층 다락방 창가에 서서 골목을 멍하니 바라보고 있었다.

여행이란 이런 것이구나, 기쁘고 행복하다가도 힘들고 싸우고 외로워하는… 이런 것이 여행이라면 열흘을 견딜 수 있을까. 포기하고 싶어진다.

사랑이란 그런 것이다. 늘 행복할 거 같다고

알아주지 않는 맘이 못내 섭섭해 등 돌리고 나 이렇게 힘드니까 안아달라고 독백하는.

우리들은 여행 첫날부터 서로의 존재를 느낀 것이다. 섭섭함이라는 둘레 속에 꼭꼭 숨겨둔 자존심의 실체. 그게 사랑이라는 것을.

우리는 서로의 품을 그리워하며 등을 돌린 채 잠들었다.

40

전날의 서운함이 그대로 아침을 맞았다. 살가운 포옹도 멋진 입맞춤도 없는 부스스한 얼굴은 우리들 마음처럼 통통 부어버렸다.

대충 화장을 하고 잠시 나갔다온다 고집을 피우는 나에게 제표는 결국 참지 못하고 화를 냈다.

"혼자 다녀볼 거야. 그게 어쨌다는 거야?"

"말 한 마디도 제대로 못하잖아?"

"할 수 있어. 영어잖아. 아직 영국이라고."

"길눈도 어둡고 처음 왔잖아."

"혼자 할 수 있나 없나 보면 알잖아. 내가 바보야?"

"너 바보 같아."

서로 다투다가 제표가 먼저 손을 들었다.

"좋아. 딱 두 시간만 다녀. 두 시간이야. 어딜 가면서 길을 보아두었다가 그대로 되짚어 와. 두 시간 뒤에 내가 집 앞으로 나가 있을게."

"알았어."

나는 자신 있게 말하고 현관을 나섰다.

41

이른 아침. 거리의 청소부.

느긋하게 걸어가는 이들보다 출근하는 듯 느껴지는 바쁜 걸음의 사람들. 그들 속을 혼자 이렇게 걷고 싶었다.

적적하리만치 조용한 주택가를 걸으며 사진을 찍었다. 울어서 부어버린 눈을 감추려고 커다란 선글라스를 끼었지만 사실 햇살이 맑은 날은 아니었다.

헬로. 청소부들이 인사를 한다. 웃으면서 손을 흔들어보았다. 말이 꼭 필요한 건 아니야. 아, 햄버거는 어떻게 산담?

특별히 예쁘지도 멋지지도 않은 집들을 사진기에 담는다. 가끔 뒤를 돌아본다. 길을 잃지 않으려고 돌아보는데 멀리 제표의 모습이 보인다.

뭐야? 저 남자.

웃음이 났다. 내가 혼자 못 갔다 올까 봐 미행을 하는 거야? 햄버거 하나 사오지 못할까 봐? 그러면서 마음이 풀린다.

뭔가 설명할 수 없는 애정의 신호. 이겼다고 하는 유치함. 감히 대놓고 걱정된다고도 말 못하고 같이 나서지 못하고 멀리서 미행하는 중인 남자에 대해서 애정이 솟구친다.

햄버거 가게를 발견하고 들어갔다.

멋지게 사서 돌아서야지. 햄버거를 샀다. 마실 것도 같이 팔면 좋은데 그건 아니었다. 햄버거가 든 봉투를 안고 가게를 나와 슬쩍 주변을 살폈다.

멀리 제표가 주택가 담벼락에 붙어 서서 바라보고 있는 게 보인다.

바보.

42

(런던 이즐링턴)

제표에게 자신 있게 봉투를 내밀었다.

"햄버거야."

제표가 봉투를 받으며 물었다.

"콜라는?"

"같이 샀지. 내가 바보야?"

봉투를 열었다. 봉투 안에서는 햄버거가 아닌 핫도그가 나왔다.

"이건 핫도그잖아?"

"난 영국에서는 햄버거란 말이 없고 전부 핫도그라는 것도 처음 알았어."

"그럴 리가….."

"응? 뭐?"

"아, 아냐. 수고했어."

사실 흑인 점원이 너무 무서웠고 아무리 말해
도 말귀를 잘못 알아 들어서 천천히 말하고 손짓
하고 겨우겨우 사온 핫도그 두 개와 콜라 두 컵.

"근데 나 미행했지?"

"내가?"

제표는 내 눈길에 허둥지둥했다.

"사진에 찍혔어."

나는 사진기를 내밀었다. 제표의 얼굴에 당황
이 비친다. 그리고 나는 피식 웃었다.

"자기 잘 생겼더라."

제표는 내 사진기 속의 사진들을 보다가 멈칫
하더니 내게 자기 사진기를 보여주었다.

같은 집을 찍은 사진이 보였다. 각도만 다를
뿐이다.

"같은 집을 찍었네?"

"그치? 왜 그런지 찍고 싶은 집이었어."

서로의 사진을 맞춰보다가 서로를 바라보며 웃었다. 잠시 떨어져서 걸었는데, 그 사이에도 서로를 그리워했을까? 그래서 서로 같은 집을 찍게 되었을까?

억지로 의미를 부여하자면 그렇다.

43

같이 찍었던 사진 속의 집을 바라보다가 돌아
섰다. 싸우고 난 다음 날을 기억해 냈다. 그날 어
디로 갔었는지 기억해 냈다. 버킹엄 궁의 근위대
교대식을 보았었는데. 다시 보고 싶지는 않다.

보면 가슴 아플 것 같아. 그날은 유독 행복했
었다. 간밤에 싸워서 그랬을까.

'응, 저기 막, 저거 막 좋다 그지 그지?'

서희는 나이를 헛먹은 듯 떠들어 대던 그 목소
리가 자기 목소리가 아닌 듯 울려 퍼지는 환청을
듣는다.

'그래. 그래. 그럼 당연하지.'

반달눈이 되어서 그저 웃던 제표. 대영박물관. 고대 이집트 문명의 열쇠 로제타스톤. 한국어 안내서가 5파운드, 여권, 면허증. 보증금. 남의 나라에서 보란 듯이 강탈해 온 것들로 가득한 그닥 좋은 느낌이 아니었던 박물관. 머릿속에 모자이크가 되듯이 떠오르는 풍경들. 다시 볼 필요도 없는 것들.

　　'보고 싶은 건 그런 게 아냐.'

　　서희는 길바닥에 앉아서 잠시 환영들이 지나가기를 기다린다.

　　'제표야. 나 여기 왔어.'

　　눈물이 난다.

　　'혼자 왔어.'

44

우리들 눈에 뜨인 네 글자 '서울마트'

당당히 들어간 나는 주인에게 한국어로 말한다.

'저기요 여기 소주 있어요?'

제표가 뒤에서 두 손을 들어보였다.

으악!!

거침없이 활발함의 극치인 줄은 알았지만 여기 지금 런던 한복판에 것도 한국어로 소주를 달라는 대범함. 다행히 주인이 한국 사람이어서 참이슬을 구해 주었다.

"좋은데이 없어요?"

천진함을 가장한 과감함을 보이는 내가 당혹

스러운 제표. 우리를 바라보며 참 예쁜 커플이라 칭찬해 주는 가게주인.

한 손에 참이슬 두 병과 한 손으로는 제표의 손을 꼬옥 잡은 내가 연신 중얼거린다

"소주하면 '좋은데이' 지. 왜 '좋은데이' 는 없어. 흥."

45

좋은데이. 갑자기 눈물이 났다.

누구도 한 치 앞도 모르는 거야. 성경책에 써 있는 그대로야. 그러니까 함부로 잘난 체하지 말아야 하는 거야.

다만, 그만 울고 싶다.

모자나 사야지. 모자가게에 가야지. 모자 사러 온 거니까. 나 역시 국가와 민족을 위해서, 이 사회를 위해서 여기 온 거 아니니까. 남들은 웃거나 말거나 난 모자 사러 온 거니까.

46

여전히 거리는 한산하기만 하다. 서희는 포토
벨로를 가기 위해 버스를 탔다. 빨간 이층버스가
지나가도 이젠 신기함이란 없다.

각각의 사람들 표정들 그 속에 감춰진 감정들.
서희는 그들의 내면이 궁금할 것도 없이 고개를
돌려 버렸다. 알 수 없는 사람들의 얼굴. 여행객
인지 현지인들인지 모를 그들의 걸음걸이에 얹혀
서희도 어느덧 노팅힐에 도착했다.

지하철역 길 건너편 포토벨로 마켓을 가는 양
길가에 예쁜 가게들이 문을 열었다.

어느 가게를 지나치며 그때 그대로임에 놀라기

도 하고 원망스럽기도 하고, 또 바뀌어 버린 가게를 보며 심란하기도 한 서희는 얼른 고개를 돌려 방울모자 가게를 찾아 들어섰다.

그때처럼 목도리에, 머플러, 손 장갑, 화려하게 수놓아진 모자들이 많다. 입구에서부터 천천히 구경을 하며 서희는 안쪽에서 샀던 방울 모자를 눈으로 쫓았다.

입구에는 보이지 않는 모자.

"안쪽에는 있나?"

걸어 들어가며 예전하고는 디자인이 좀 달라졌다 생각하며 찬찬히 둘러본다. 왜 안 보이지? 이쯤 어디에 있었던 거 같던데.

점원 가게 아가씨에게 귀 옆에 꽃이 달리고 그 끝에는 길게 줄이 이어져 있는 방울을 애써 설명하며 어디 있는지를 물었다.

"글세… 여기 있는 게 다예요."

"혹시 이 방울모자는 아닌가요?"

점원이 내미는 커다란 방울 달린 모자를 보고

아니라며 고개를 저었다.

꼭 찾아야 하는데….

다시 찾아보고 구석구석 뒤져봐도 노란색에 초
록방울이 달린 방울모자는 보이지 않았다.

한 번도 없어지리라고는 생각해 보지 않았는
데, 한 번도 다시 볼 수 없을 거라 생각지 않았는
데, 서희는 조급해졌다.

"어쩌지, 없으면 어쩌지. 난…."

금방이라도 울 것 같은 서희를 보고 점원가게
아가씨는 당황한다.

"그렇게 중요한 모자예요? 다음에 들어오면
꼭 챙겨놓을 테니 다시 한 번 들러주세요."

이유를 모르는 점원은 서희의 눈물에 당황하며
그녀를 토닥였다.

아닐 거야. 혹 어디 구석에라도 있을 거야. 다시
찾아봐야지. 찾던 곳을 다시 찾고 또 찾고 몇 번을
찾던 서희는 입술이 말라서 갈라지는 느낌이다.

"내 모자… 방울 모자…."

배가 아팠다. 위경련인가. 어깨도 떨리고 다리
도 후들거린다. 가게를 나와 한쪽 귀퉁이에 웅크
리고 앉았다.

여전이 밤이 찾아오고 가게마다 전등이 켜지고
그 곳을 찾은 이들은 각각의 감정들로 감동을 받
으며 골목을 걸어가고 있었다.

47

아침 영국에서 유럽 본토로 가는 노선을 고민
한 제표. 주말인 탓에 30만 원을 호가하는 열차
유로스타. 유동적인 일정 탓에 티켓을 예매하지
못한 터라 훨씬 저렴한 유럽 본토와 영국을 이어
주는 버스노선인 유로라인을 이용하기로 결정하
고 티켓을 끊으러 갔으나 표가 매진이라 어쩔 수
없이 유로스타를 타기로 했다.

여전히 비는 간간이 오지만 하늘이 도와주는
것인지 매일 비라는 런던에서 이틀은 비를 뿌리
지 않았다.

표를 끊어놓은 다음, 내가 영화 속 한 장면이

담겨진 노팅힐 거리를 가보고 싶다고 해서 포토벨로 마켓으로 이동했다.

"거기 영화처럼 멋있을 거야."

"멋있는 건 영화였지 거리가 아니잖아."

"아냐. 거리도 멋있었어."

"가보면 실망할 걸?"

"쳇. 가보기도 전에 무슨 말이야?"

"그냥 시장통이야."

"그러니까 더 가보고 싶지. 여행은 시장으로 가야 하는 거 아냐?"

"틀린 말은 아니네."

제표는 나를 보며 웃었다.

"가서 쇼핑이라도 할까?"

"구경만 해. 이 물가 비싼 나라에서 쇼핑은 무슨…."

"모자."

"응?"

"모자 사줄게."

왜 갑자기 모자를? 나는 그렇게 묻지 않았다. 제표는 철저하게 내 아픔에 대해서 함구한다. 모자를 왜 사준다고 하는지 잘 안다. 내 머리가 자꾸 빠져서 그렇다. 이대로 계속 빠지면 이제 머리를 박박 밀어버려야 할지 모른다.

버스를 내리고 포토벨로 마켓이 즐비한 노팅힐 거리로 접어들면서 예쁜 가게들이 눈에 띈다. 여기 저기 들어갔다 나왔다. 나는 이 거리가 너무 신기하고 좋았다. 이것저것 공예품도 보고 옷도 입어본다. 물론 살 마음은 없다.

제표가 방울 모자를 들고 나를 돌아보았다.

"방울 모자야."

나는 제표가 들고 있는 방울 모자를 바라보았다. 노란색 방울모자였다.

영국은 특히 유럽은 여자들이 모자를 많이 쓰고 다닌다. 추워서 그런지 얼굴이 작아 잘 어울려서 그런지 모르지만 제표가 들고 있는 모자도 참 귀엽다.

겨자에 가까운 노란모자 위로 초록 방울이 달려 있고 귀 마개처럼 꽃 사이로 길게 초록방울이 또 달려 있다.

　　모자를 들고 거울로 가서 머리에 써보았다.

　　"좋아?"

　　"너무 좋아."

　　제표는 엄지를 세워보였다.

　　"그리고 너하고 너무 잘 어울려."

　　내가 보아도 예쁘다. 자기를 예쁘다고 하는 건 좀 웃기지만.

모자를 쓰고 거리로 나왔다. 그리고 아까와 달리 천천히 거리를 구경했다. 눈도 맑아지고 기분도 상쾌해졌다. 마치 마법의 모자라도 쓴 기분이다.

우리 시장의 난전처럼 포토벨로 마켓은 양옆 상점을 중심으로 가운데 간이 가게들이 즐비하다. 어떤 이는 집에서 쓰던 손때 묻은 장신구를 들고 나와 팔기도 하고 어떤 이는 수공예품을 만들어와 팔기도 한다.

우리네 야채가게처럼 성격 좋게 생기신 아주머니가 무며 과일, 야채를 팔고 있다.

줄이 길게 늘어선 가게를 보니 내가 좋아하는 소시지도 있다. 어제 야시장에서 먹은 소시지가 맛있다고 또 먹고 싶다는 나를 위해 제표는 줄을 선다.

영국이나 한국이나 맛있는 건 다들 아나 보다. 줄이 길다. 머스타드 소스를 듬뿍 담고 서로 양끝을 베어물고 맛있게 먹어댄다. 그리곤 사람들의 행렬에 묻혀 그들도 노팅힐의 거리에 젖어든다.

목걸이, 캔들 제품이 맘에 든다며 사고 싶어

하는 나. 방울 모자를 눌러쓴 동양인을 바라보며 신기해하는 그들. 그들 속에 이 순간만큼은 이방 인이 아니었고 그들 자체였다.

한참을 이리저리 돌아다니다가 수공예로 만든 끈이 달린 초록색 가죽 가방을 손에 들었다.

"이거 예쁘지?"

"묘하게 색이 맞네."

"모자랑 잘 어울려. 나 이거 사고 싶어."

모자에 이어 가방까지 사서 어깨에 메고 다시 거리로 나섰다.

"나 나중에 여기 살고 싶어."

"좋은 생각이야."

"정말?"

"살고 싶은 데서 사는 거지. 뭐가 문제야?"

"나 아픈 거 다 나으면 정말 여기서 산다?"

"그러라니까?"

"같이 살 거지?"

"당연하지."

"나중에 딴소리하면 안 돼?"

"그것도 당연히."

"이 방울 모자에 대고 약속해."

제표는 내 방울 모자의 방울을 잡았다.

"나 제표는 방울 모자에 대고 맹세합니다. 서희의 아픈 게 나으면 꼭 여기 노팅힐에 와서 살겠습니다."

"근데 뭐하고 살지?"

"내가 취직하면 되지."

"여기서도 제표씨 기술이 통할까?"

"영국 사람들도 기술은 필요하니까."

"난 어떡해?"

"여기서도 교사가 되면 되지."

"뭘 가르쳐? 난 과학 선생님인데 영어를 못하는 과학 선생님?"

"다른 걸 가르치면 되지."

"한국어 가르칠까? 근데 사실 난 우리나라 국어에 자신 없어."

"사진은 어때?"

제표는 내 가슴에 매달려 있는 사진기를 가리켰다.

"사진을 가르치면 돼."

나는 푸헤헤 웃어버렸다.

"난 아마추어야."

48

　유로스타를 타기 위해 바쁘게 걸었다. 비가 조
금 내리다가 곧 멈췄다. 춥지도 않고 거리도 활
기차 보였다. 예쁜 노팅힐 거리에는 하나 둘씩
불이 켜지고 있었다. 서희는 유로스타에 오르면
서 다시는 오지 않을 수도 있는 런던을 돌아보았
다. 런던은 이제 어둠에 잠겨들었다. 불빛들이
어둠 속에 스산하게 빛났다. 아름답던 런던의 야
경은 언제 어디로 사라져버렸을까.

　내 인생에서.

49

나폴레옹은 도버 해협을 딱 4일만 비워주면 영
국을 점령할 수 있다고 했고, 히틀러는 도버 해
협을 딱 4시간만 비워주면 영국을 점령할 수 있
다고 했다는데, 유로스타라는 고속열차는 불과 2
시간이면 런던에서 파리까지 달린다.

유로스타는 해저터널을 달려서 국경을 넘었다.

50

런던은 서희가 갈 때마다 비가 내렸다. 파리는 맑고 하늘의 별들이 총총하게 보였다. 크리스마스 시즌이라 사람들이 많을 법도 한데 다들 어디로 간 건지 보이지 않는다. 너무 늦게 도착해서일 것이다.

약간 두려운 느낌이었지만 다행히 전철역 앞은 북적였다. 계단 입구에는 여전히 길거리 상인들이 자리를 차지하고 있다.

살아가기 위해 몸부림치는 이들은 다 그런 것일까. 지하철을 갈아탈 때에도 기타를 들고 구걸 대신 자신의 노래를 파는 노파는 어쩜 멋지게 자신의 삶을 살아가고 있는 지도 모른다.

구슬픈 노파의 노래 소리를 듣느라 한동안 그 자리에 서있었다. 지나온 자신의 세월을 전하듯 천천히 낮았다고 어느 때는 높아지는 음률에 시간과 시간의 연속이 전해져 온다.

할머니도 나처럼 아파보셨겠지요? 나처럼 병에 시달리고 죽음을 앞에 두고 방황하기도 하고 사랑에 미쳤다가 이별의 참담함을 맛보았겠지요?

서희는 자기도 모르게 고개를 끄덕였다. 인생을 길다고 생각하지 않는다. 인생을 짧다고도 생각하지 않는다. 인생은 정말 적당할지도 모른다. 우리 모두에게 적당하게 주어지는 것일지도 모르겠다.

잠시 벤치에 앉아버렸다. 밤이 늦었어도 상관하지 않았다. 왜 두렵지 않은지 모르겠다. 처음 파리에 왔을 때에는 제표가 함께 있었어도 두렵고 당황했다. 왜 익숙한 거야. 이렇게 혼자 왔는데 어째서 익숙하게 느껴지는 걸까. 마치 마법에라도 걸린 것처럼….

서희는 노파의 노래를 들으며 마냥 앉아있었다.

51

제표는 8시에 출발하는 유로스타를 타기 위해
짐을 꾸렸다. 사실 여행을 하는 사람 짐치고는 엄
청난 짐이다. 대형 캐리어가 두 개나 된다. 내가
원해서가 아니었다. 제표가 그렇게 챙겨 넣었다.

"이래야 해. 나중에 다 잘 가져왔다고 생각하
게 된다니까?"

난 제표가 왜 그렇게 짐들에 집착하는지 알고
있었다. 내가 아파서였다. 수술 준비로 1차 항암
치료를 받아서 면역력이 약해진 상태였다.

방사능 피폭을 일부러 당하고 있는 것과 같으
니까 몸의 컨디션은 최악이다. 어느 때는 조금

무리해도 멀쩡하다가 어느 때는 비 한 번 맞고 며칠을 고열에 시달리고는 한다.

그런 이유로 여행을 떠나오면서 엄청나게 준비를 많이 했다.

"이불을 무제한으로 주지 않아. 그리고 우리나라처럼 난방이 화끈하지도 않아."

그래서 전기담요를 챙겼다.

"영국 사람들은 우산을 쓰지 않아. 비가 수시로 내리니까 그렇기도 하지만 뭔가 잔비에 우산을 쓰면 좀 찌질하다고 느끼는 것 같아."

"우리는 쓰고 다니자. 난 비 맞는 거 무서워."

"여행을 다니다보면 우산을 미처 구비하지 못할 수도 있어. 그런 경우도 생각해야지."

그래서 두터운 코트와 후드티를 서너 개 챙겼다.

"장화가 필요하지만 그냥 장화를 신으면 발에 물집이 잡히거나 습진이 생길 수도 있으니까 보송보송하고 목이 긴 운동화를 챙기는 건 어떨까?"

"거긴 장마철이야?"

"아니. 그렇지만 우리나라 장마철보다 더 자주 비가 내려."

그렇게 해서 챙긴 신발도 네 켤레나 되었다.

"사람들이 미쳤다고 하겠다. 짐 많다고 요금 더 받으면 어쩌지?"

"더 낼 각오하고 있어."

정말 한 사람의 비행기 요금 정도를 더 짐 값으로 냈다.

그렇게 많은 짐을 챙기는데 민박집 주인은 선뜻 김치부침개를 해 주었다.

"여긴 체크아웃하면 원래 물 한 잔도 안 주는데 하도 예뻐 보여서 내가 전을 구워주는 거야."

민박집 주인은 그렇게 말하며 나와 제표에게 서운함을 내비쳤다.

"남아있는 여행 조심히 다녀요."

킹스크로스 역. 다행히 숙소에서 멀지 않았다. 비행기도 아니면서 해협을 건너기 때문에 비행기

탈 때만큼이나 까다롭게 짐 검사를 했다.

유로스타의 실내는 마음에 들었다.

"의자도 푹신하고 좋네."

"요금이 비싸잖아. 30만 원인데."

"아, 돈 생각 안 할래."

나는 관광책자를 펼쳐 들고 들떠서 떠들었다.

"몽마르트 언덕이 제일 먼저 가고 싶은 곳이야. 그 다음에 샹젤리제 거리. 그리고 에펠탑… 아니. 에펠탑보다 개선문을 봐야 해. 조앙 마두가 죽은 후에 라비크가 트럭을 타고 추방되는 장면에서 마지막에 보이는 게 개선문이야."

"책 제목도 〈개선문〉이잖아."

"거기 나오는 술 이름이 뭐지?"

"칼바도스."

"와인?"

"사과술이야."

"마시고 싶다."

"참아요. 아가씨. 술은 안 돼."

"쳇. 그렇구나."

술 마시면 안 되는 건 상식이다.

"그런데 사과술도 와인이야?"

"와인이지."

"코냑하고 차이가 뭐야?"

"코냑은 브랜디잖아. 증류 과정을 거쳐야 코냑이야. 사실 포도가 너무 맛이 없어서 포도주로 못 팔고 증류주로 만든 코냑 지방에서 나오는 브랜디야."

"포도주만 와인이라고 하지 않나?"

"과실주를 전부 와인이라고 해야지."

수다를 떨다가 가물가물 잠이 들었다.

52

어디선가 알아듣기 힘든 말이 흘러나온다. 익숙하지 않은 불어. 그리고 영어가 교대로 반복해서 흘러나왔다. 잠결에 눈을 부스스 뜨면서 제표를 건너다보았다.

"뭐래?"

"연착한대."

"나 많이 잤어?"

"네 시간쯤 잤어. 아주 잘 자던데?"

나는 깜짝 놀라서 상체를 일으켜 세웠다.

"그럼 어떻게 된 거야?"

"연착이라잖아."

"얼마나?"

"현재 두 시간 연착이야."

"마, 말도 안 돼."

나는 본능적으로 팔목의 시계를 들여다보았다. 이미 밤 열두 시가 다 되어가고 있었다.

"이러면 어떻게 되는 거야?"

"파리에 도착하면 지하철이 다 끊어져서 모두가 힘차게 달리기를 해야 하는 상황이 도래하는 거지."

"우리가 어떻게 달리기를 해?"

"그렇지. 우리는 달릴 수가 없지."

캐리어 세 개를 끌고 경주를 할 재주는 없다. 보나마나 제표 혼자 땀 흘리면서 달리다가 말 것이다.

"우리는 오히려 편해."

"뭐가 편해?"

"다른 사람들 다 뛴 다음에 천천히 택시를 잡을 거니까."

"어떤 책에서 읽었는데 택시 잘 잡는 남자랑 결혼하래."

"잘 기다리는 남자에 대해서는 안 써 있었어?"

"그런 건 없었어."

"캐리어 세 개 들고 뛰는 남자에 대해서는?"

"없었는데?"

"그 책 제목이 뭐야? 불매운동해야겠다."

제표는 느긋하게 농담을 했다. 이상한 남자다. 어느 때는 정말 적극적으로 달려들지만 일단 문제가 크면 오히려 담담해진다.

처음 여행을 가자고 했을 때에도 마찬가지였다. 보통은 치료 중에 죽으려고 환장했냐고 난리를 쳐야 하는데 제표는 그러지 않았다.

"날짜가 맞으려나?"

날짜 계산부터 했다.

"어디로 가고 싶어?"

"유럽."

"유럽 어디?"

"프랑스와 그 주변, 어디든지 좋아."

"좀 힘들 텐데?"

"힘들어도 좋아. 이겨낼 거야."

그때 제표는 날 빤히 쳐다보면서 물었다.

"큰일 날 수도 있어. 굳이 지금 가야겠어?"

"응."

나는 제표를 빤히 마주보면서 말했다.

"억울할까 봐 그래."

혹시 잘못되어서 이대로 죽으면 억울하잖아.

53

예정보다 무려 5시간이 넘게 연착을 했다. 고장이 나서란다.

"30만 원씩이나 하는 열차가 연착이 말이 돼? 그것도 몇 분도 아니고 몇 시간을?"

나는 화가 머리끝까지 치솟았다.

"우리나라 같으면 대통령이 나와서 사과할 일이다. 이건 정말."

맞는 말이다. 우리나라 같으면 난리가 났을 일이다. 방송이 다시 흘러나와서 제표 얼굴만 바라보았다.

"호텔을 제공하겠대."

"호텔 싫어."

"민박집 픽업은 이미 취소되었는 걸?"

"호텔은 싫어."

나는 막무가내로 고개를 흔들었다. 울고 싶었
다. 왜 호텔이 싫으냐고 묻는다면 대답할 말이
없다. 그냥 싫다. 이 상황이 눈물 나도록 싫다.

"기다려."

파리 북역. 제표는 내 앞에 캐리어 세 개를 나
란히 세워놓고 길로 달려 나가서 택시를 잡느라
여념이 없다.

마중 나온 차를 타고 가는 사람들, 예약해 둔
택시를 타고 가는 사람들. 그 가운데 서성이는 건
목적지 없어 보이는 흑인들과 노숙자들뿐이었다.

나는 두려워지기 시작했다. 그냥 제공해 주는
호텔로 들어갔어야 하는 건 아닐까. 괜한 고집으
로 큰 사고라도 나는 건 아닐까.

조바심을 내며 서있는데 제표가 택시 하나를

잡아놓고 달려온다.

"어서 가자."

택시 기사는 수염이 멋진 할아버지였다. 내려서 손수 캐리어를 트렁크와 앞좌석에 실어주고 뒷좌석에 올라탔다. 민박집 체리하우스를 향해 달려가는 택시 안에서 그제야 화가 좀 가라앉은 나는 제표의 어깨에 뺨을 기대며 말했다.

"왜 책에서 택시 잘 잡는 남자와 살라는지 알겠다."

제표는 손수건으로 목덜미의 땀을 닦다가 말고 어이없다는 듯이 하하하 웃어버렸다.

54

"잠들지 마."

샤워를 마치고 방에 들어서자 제표도 나도 온몸이 솜뭉치 같았다. 그런데도 나는 잠들지 못했다. 열차 안에서 잔 걸로는 피곤만 더할 뿐인데 도대체 왜 잠이 오지 않는지 알 수 없다.

"잠들면 안 돼?"

"응. 안 잘게."

제표는 금방 자버릴 것처럼 힘없이 대답했다.

"나 잠 안 온다는 말이야."

"그래. 나도 안 잘게."

"노래 불러 봐. 그럼 잠 올 수도 있겠다."

제표는 주섬주섬 머리맡에서 MP3를 꺼내 건넸다. MP3를 제표 얼굴에 도로 던져준다.

"누가 자장가를 MP3로 들어?"

제표가 웃어버린다.

"자장가 아는 게 없다."

"아무거나 불러. 조용히 부를 거잖아. 그럼 자장가로 들릴 거야."

제표가 내 머리를 끌어당겨서 자기 겨드랑이에 얼굴을 묻게 하더니 휘파람으로 노래를 불렀다. 끊어질 듯 끊어질 듯 이어지는 휘파람 노래 소리. 러브발라드다.

"으흥~~ 좋다."

휘파람 소리가 끊어졌다.

"더 불러줘."

제표의 겨드랑이 털이 코끝을 간질였다. 혀를 내밀어 그의 겨드랑이에 키스했다. 움찔. 제표가 몸을 움직이더니 갑자기 나를 와락 안아서 자기 몸 위에 엎드리게 했다.

"읍. 잠 다 깼다."

"어차피 잠도 못자면서."

나는 제표 몸 위에 엎드려서 그의 가슴에 뺨을 밀착했다.

"으흠. 넓어서 좋다."

"사모님. 이러시면 안 됩니다."

"가만히 있어. 많이 이뻐해 줄게."

"그럼 사모님만 믿겠습니다."

우리는 몸 위에 몸을 얹은 우스꽝스러운 모습으로 키득키득 웃었다. 웃다가 내 입술이 제표의 목덜미를 간질였다.

제표가 긴장하는 게 느껴졌다.

나는 제표의 몸 위에서 떨어지지 않으려고 체조 선수처럼 묘기를 부렸다. 내 온몸이 침대 시트에 전혀 닿지 않게 균형을 잡고 장난치듯 몸을 흔들어 댔다. 제표가 내 상체를 잡고 바짝 끌어당겼다. 숨이 가빠지면서 장난은 이제 멈출 수밖에 없었다.

우리는 서로에게 깊숙이 들어가기를 원했다.

서로의 몸을 조금이라도 더 밀착시키려고 애썼다. 서로의 세포가 세포를 알아볼 수 있도록 깊이. 그리고 간절히.

아무리 더 밀착해도 더는 갈 수 없는 게 사람과 사람 사이일까. 아무리 밀착하고 서로를 빨아들이고 엉켜들어도 갈증처럼 도달하지 못하는 아쉬움.

모자라. 아무리 그래도 모자라. 우리 사랑은 아무리 더해도 모자라.

사랑해. 누군가가 말했다.

죽고 싶을 만큼.

55

누군가가 문을 두드렸다. 죽은 듯이 자서인지 밖이 환한데도 둘 다 알지 못했다. 서희는 제표의 몸을 밀어냈다.

"무거워."

어젯밤은 좋았지만 아침이니까 이제 모드를 바꿔야지. 정숙하고 새침한 숙녀로 변신.

"아침 먹으래."

아닌 게 아니라 문밖에서 주인아주머니의 목소리가 들려왔다.

"아침 먹어요."

제표가 돌아 눕다가 말고 침대에서 빠져나오는

나를 다시 잡아챈다.

"아침 먹지 말고 어제처럼…."

"어제?"

딱! 등짝을 때렸다.

"어제 뭐?"

"좋았는데…."

제표가 팔을 돌려 등을 만지며 구시렁거렸다.

나는 침대에서 빠져나와 옷을 입었다.

"아침 먹고 씻자."

"흉 볼 걸?"

"난 안 씻어도 예뻐서 괜찮아."

"난?"

"제표는 멋있어서 괜찮아."

키히히~~

서로를 마주 보고 모자란 것들처럼 웃었다.

56

특이하다. 체리하우스의 주인아주머니가 연변 사람이라니. 게다가 다들 이모라고 부른다.

이미 파리에 오기 전, 블로그에서 다 알고 왔다. 이 집에 머물렀던 사람들은 모두 이모한테 안부 인사를 했다.

제표는 두 번째라고 했다. 나는 처음이지만 제표보다 더 친숙하게 대해 주었다. 음식이 맛있어서 며칠 굶은 사람처럼 고봉밥을 퍼먹었다.

먹고 나서 너무 배가 불러 바로 씻지 못하고 다시 침대에 가서 엎어졌다. 제표는 씻고 나서도 내가 다시 기운 차리기를 기다렸다.

"오늘은 쉴까?"

"안 아파."

"아니. 꼭 그래서가 아니라."

"그냥 배부른 거야."

"하루 쉰다고 뭐가 달라지겠어?"

"안 아프다니까?"

내 목소리가 약간 높은 톤이 되었다. 제표는 목소리의 높이로 금세 내 기분을 알아차린다. 그리고 재빨리 백기를 든다. 싸우기 힘든 남자다.

"알았어. 알았어. 좀 쉬었다가 나가자."

 늦은 오후의 몽마르트는 언덕이 눈부시게 빛나고 갖가지 소품 가게들이 손님들로 북적였다. 가파르고 끝없는 계단을 돈받고 오르내리게 해 주는 엘리베이터가 있을 정도다.

 나와 제표는 계단을 오르기 시작했다.

 "여기 조심해야 해."

 "뭘?"

 "소매치기."

 "아, 맞다."

 제표에게 들은 이야기다. 20대에 멋모르고 무전여행처럼 왔다가 여기서 소매치기를 당하고 공항에서 쪽잠을 잤던 이야기.

"뭐 지금 생각해도 그다지 나쁘지는 않았어. 공항에서의 생수 한 병 살 돈이 없던 것도 나름 괜찮았고….."

제표는 이젤을 펼쳐놓고 그림을 그리는 중인 거리의 화가들을 가리켰다.

"저 화가들에 정신이 팔렸던 거야. 지나고 보면 그랬던 게 좋은 기억이야."

"칫! 그게 뭐가 좋은 기억이야. 시간 지난다고 나쁜 기억도 전부 좋은 기억으로 변하나?"

"아마 그럴 걸?"

58

아마 그럴 걸. 서희는 혼자 입속으로 중얼거렸
다. 밤이 늦은 파리의 지하철 역 앞을 걸으면서
자꾸 중얼거렸다. 아마 그럴 걸.

59

우리는 계단 옆쪽으로 늘어선 벽화를 보며 걸
었다.

"달라졌네."

"뭐가?"

"벽화들이 달라졌어. 주기적으로 바꾸는 걸까?"

"이 많은 벽화들을 전부?"

"전부는 아닌 것 같아."

"싫증나서 바꾼 거겠지."

나는 말하다 말고 피식 웃었다.

"씁쓸하다. 처음에는 멋지다고 했을 거 아냐?
그런데 싫증이 나다니."

"왜 그렇게 생각하는데?"

제표는 벽화들을 둘러보며 말했다.

"싫증나서가 아니라 새로운 신인에게 기회를 주기 위해서일 거야."

"참 긍정적이다."

난 언제나 밝고 긍정적인 제표가 신기했다. 파리는 전 세계 인종들의 전시장과 같다. 지금 이 몽마르트 언덕만 해도 흑인들이 백인들보다 더 많아 보인다.

"난 사실 좀 무서워."

"뭐가?"

"흑형들."

"뭐야, 인종차별주의자처럼…."

"아니. 그게 아니라 흑형들은 좀 폭력적…."

"영화 너무 본다. 특히 미국 영화로만."

"총 없을까?"

난 제표의 귀에 대고 슬쩍 말했다.

"흑형들은 총도 대따 큰 걸로만 차고 다니잖아."

"물어볼까?"

제표는 가깝게 서있는 흑인 남자 하나를 향해 물어 볼듯이 말을 걸려고 했다. 난 기겁해서 제표의 입을 막았다.

"미쳤어?"

"왜? 궁금하잖아?"

난 제표를 잡아끌고 흑인들에게서 바쁘게 떨어졌다.

"진짜 대책 없어. 정말."

"진짜 인종차별주의자 아냐? 왜 그렇게 당황해?"

제표는 느물느물 웃었다. 낙천주의자. 누구에게나 친절하고 악의 없이 행동하는 너무 선하고 천진한 사람.

60

아니. 아니야.

서희는 캐리어를 끌고 걸으면서 고개를 흔들었다. 기억 난다. 그날 밤이었을 거야. 제표는 이 세상에서 가장 사나운 야수가 되었었어. 눈이 무섭게 빛나고 전신의 힘줄이 팽팽해지는 걸 보았어. 그때 느꼈지. 이 남자는 날 지키려면 무슨 짓이라도 하겠구나.

61

이젤에 그림을 펼쳐놓고 그림을 그리는 백발의 노화가. 바이올린을 켜는 중년의 뚱보 아저씨. 마술사와 퍼포먼스맨들. 모든 게 신기하고 재미있었다. 시간 가는 줄 몰았다.

밤이 늦도록 돌아다녔다. 그러고도 기분이 들떠서 힘든 줄을 몰랐다.

"저녁 먹어야지."

"술도 마시자."

제표가 눈이 동그래져서 나를 돌아보았다.

"술?"

"응. 술, 프랑스하면 와인 아닌가?"

"어이가 없네."

"와인은 있네."

나는 길 건너 카페를 가리켰다. 길 밖에까지 즐비하게 테이블이 놓여 있었다.

제표는 대뜸 테이블로 가서 앉는 나를 어이없다는 듯이 바라보다가 하는 수 없이 다가왔다.

"와인 좀 시켜 봐."

"2도짜리 있어."

"에헤이. 이보세요. 2도는 조리용이고요."

"술이 약한 사람들은 그걸 마시기도 해."

"그 정도는 아니니까 걱정 마세요. 아빠."

저녁과 함께 와인을 시켰다. 생선요리여서 와인과 입에 딱 맞았다. 아니면 기분이 딱 맞았을 수도 있다.

어디선가 들려오는 바이올린 소리, 왁자지껄하지는 않지만 두런두런 대화하는 연인들이나 친구들의 소리, 프랑스어는 참 리드미컬하다. 마치 노래하는 것처럼.

은은한 가로등 불빛은 식탁 위를 비춰주면서도 눈부시지 않았다. 그래서 식탁 위의 촛불은 그 영롱한 색을 잃지 않았다.

모든 게 좋았다. 그런데….

나는 제표가 계산하는 사이에 술에 취해서 얼떨떨한 상태로 혼자 나서다가 흑인들에게 둘러싸이게 되었다. 흑인들은 술에 취해서 비척대는 나를 보면서 깔깔대고 웃었다. 그러더니 그 중 하나가 나한테 손을 내밀었다.

바로 그 순간에 흑인과 나 사이로 제표가 끼어들었다.

"건드리지 마."

강하고 힘이 들어간 음성이었다. 간단한 영어니까 나도 알아들었다. 제표가 흑인들과 대치하고 서있었다. 흑인들이 사나운 표정으로 변해서 제표를 공격할 기세가 되었다.

"나 싸우기 시작하면 무조건 반대편으로 달려."

제표는 나직이 말하고 두 주먹을 쥔 채로 흑인

들을 노려보았다. 흑인들이 제표를 위협했지만 제표는 눈 하나 깜짝하지 않았다.

눈에서 불이 나는 것 같았다. 언젠가 영화에서 본 사나운 맹수의 인상 그대로였다. 살기라는 걸 저런 걸 두고 말하나 보다. 전신의 근육이 팽팽해진 게 얼굴에서 느껴졌다.

물론 흑인 몇 명쯤은 어찌할 수 있을 거라고 생각했다. 태권도 선수 출신이니까. 그렇지만 총이라도 꺼내면 어쩌지?

나는 달아날 생각도 못하고 흑인들이 아니라 제표를 보며 얼어붙어 있었다. 그의 인상이 너무 낯설어 보였다. 평소의 제표가 아니었다.

다행스럽게도 흑인들은 투덜거리면서 그냥 물러나버렸다. 아마도 너무 강한 기세에 눌린 것 같았다. 그들이 물러나는데도 제표는 그대로 자세를 풀지 않았다.

"그만 가자."

내가 팔을 잡자 그제야 나를 돌아보았다. 여전

히 두 눈이 무섭게 번들거렸다.

"인상 풀어. 무서워."

"아, 그래. 내가 좀 흥분했네."

제표는 인상을 풀고 웃어보였다.

"내 여자 건드리니까 순간적으로 욱했나 봐."

"눈에서 레이저 나가는 줄 알았어."

나는 그의 팔에 매달려서 어리광처럼 투덜거렸다.

"술 다 깼네. 치이…."

62

　서희는 파리하우스를 향해 걷다가 문득 손을
내려다보았다. 그날로부터 지금까지 작은 동전
하나를 내내 쥐고 다녔다. 그날 낮, 사크레괴르
성당 앞에서 산 기념주화. 오백 원 동전과 똑같
이 생긴 데에 성당의 모습이 새겨져 있다.

　내게는 그날 이후로 수호신 같은 거야. 아니,
수호신은 너지만 이건 말하자면 네 분신과 같은
거야. 아니면 호출기?

　핸드폰을 들고 전화를 걸었다.

　"저 연서희예요. 예약했어요."

　낯익은 목소리의 남자가 응답했다.

"여기 찾아올 수 있어요?"

"거기 가본 곳이에요. 이모님 안 계셔요?"

"어? 그래요?"

"암튼 그냥 제가 찾아서 가겠습니다. 거의 다 왔거든요."

　지붕이 빨간색으로 변해 있어서 섭섭했다. 원래는 짙은 파란색이었는데. 창틀마저 다른 색으로 바뀌어 있었다. 밤거리의 배경에서 유독 강하게 보이는 노란색들이다.

　'이렇게 바뀌면 안 되는 거잖아.'

　서희는 집 앞에 털썩 주저앉아 버렸다. 어떻게 이렇게 바뀔 수가 있어. 우리한테 이 집이 어떤 집인데. 얼마나 많은 추억이 있는 집인데.

　서희는 집 앞 계단에 주저앉아 달라져버린 집을 바라보면서 흐느껴 울었다.

　"어머, 서희야?"

등 뒤에서 귀에 익은 음성이 들렸다.

"요즘 우리 집 앞에 앉아서 우는 게 유행인가?"

서희는 깜짝 놀라서 돌아보았다.

"어? 이모?"

민박집 주인, 이모는 놀란 눈으로 서희를 바라보았다. 그리고 대뜸 물었다.

"만났어?"

"네?"

"만나지 못한 거구나?"

"그, 그게 무슨 소리예요?"

서희는 무슨 말인가 급해져 이모를 쳐다보았다.

"일단 일어나. 들어가서 얘기하자."

이모는 서희의 캐리어를 잡았다.

"무슨 일이냐. 참…."

"만났냐고 물으셨잖아요?"

서희는 울음 섞인 목소리로 물었다.

"일단 들어가자니까."

"그거 무슨 뜻인데요?"

서희는 다급하게 물었다.

　이모는 뜨거운 커피를 타주었다. 그리고 눈물자국이 가득한 얼굴로 커피를 마시는 서희를 찬찬히 바라보더니 머리칼에 가서 시선이 멈추었다.

　"머리… 많이 길었네?"

　"내 머리…."

　"사진에서 봤어. 제표가 가진 사진. 뭐 머리 짧게 깎고 이렇게 예쁜 여자 봤냐고 하더라. 어이없음."

　"언제요?"

　"어저께."

　"어, 어제?"

할 말을 잃고도 어제라는 말에 넋이 나갔다.

"사, 사진을 어제 보았다고요? 어제 연락이 왔었다고요?"

"아니. 연락이 아니라 사람이 왔었어."

이모는 차분히 말했지만 서희는 벌떡 일어나고 말았다.

"사람이요?"

"그래. 사람이 왔었어."

"지, 지금 어디 있어요?"

"커피마저 마셔라."

이모는 서희를 다시 앉으라고 탁자를 가리켰다.

"지금 나간다고 찾을 수 있는 것도 아니고…."

"어디 갔는데요? 여기로 오나요?"

"그럴 것 같지는 않았어."

"그게 무슨 뜻인데요?"

"지나다가 들렸다면서 이제 좀 멀리 간다고 하더라."

"어디 묵는다고 말하지 않았어요?"

"말 안 했어. 배낭 메고 등산화 신은 걸 보니까 엄청 돌아다니는 것 같더라."

"사진은요?"

"서희 네 사진을 여러 장 품고 다니더라."

이모는 말하다 말고 피식 웃었다.

"너희들 웃긴다. 제표를 내가 어디서 발견했냐 하면 말이야. 바로 너처럼 우리집 앞에 주저앉아서 2층 창을 올려다보면서 울더라. 넋 놓고 우는데 뺨에 눈물이 줄줄 흐르더라."

"내 얘기 했어요?"

"아니."

이모는 서희를 바라보면서 쓴웃음을 지었다.

"그런데 지금 서희 앉아 있는 그 자리에서 앉아서 커피 마시다가 말고 사진 꺼내보다가 딱 걸렸지. 나한테… 바보 같은 녀석."

서희는 손이 떨려서 커피 컵을 제대로 잡고 있을 수가 없었다.

"아니 그리고 내가 내 집에 페인트를 무슨 색

으로 바꾸든 그게 어쨌다는 거야? 왜 바꿨냐고
따지는 거야. 글쎄….”

이모는 웃으면서 말했지만 서희는 이제 더 이
상 앉아 있을 수가 없었다.

“언제 떠난다고 했어요?”

“파리를? 글쎄?”

그때 이모부가 방에서 나왔다.

“내일 낮에 출발한대. 가기 전에 항공사 컨펌
하는 거 들었어.”

“그래요? 어디 묶는다고 안 했수?”

“글쎄?”

서희는 더 들을 것도 없이 그대로 집을 뛰쳐나
갔다. 달려 나가다가 지갑을 두고 나온 것을 알
고 다시 돌아가서 낚아채듯 탁자 위의 지갑을 집
어 들었다.

미친 듯이 집을 뛰쳐나와서 거리로 나갔다. 밤
이 깊은 거리는 오가는 사람이 적어서 고요하고
스산했다. 차가운 밤공기가 습기를 머금고 옅은

안개처럼 흘러갔다.

거리 한복판에 서서 방향 잃은 나침반처럼 두리번거렸다. 어디로 가야 하지? 어디로 가야 널 만날 수 있는 거야?

제표야. 너 어디 있니?

65

센 강을 따라 길게 난 도로를 정신없이 걸었
다. 가로등 불빛 아래로 산책 나온 연인들이 드
문드문 보였다. 서로 사랑을 확인하듯 입을 맞추
고 스킨십을 하는 연인들을 지나치면서 강을 거
슬러 올랐다.

생 미셸 광장을 지나자 멀리 퐁네프 다리가 보
이기 시작했다.

제표는 저 다리를 너무 좋아했다.

66

"멋진 다리야. 모양만 아니라 사연도 재미있어."

"퐁네프 다리의 연인들."

"아, 그래. 그 영화도 정말 멋지지."

제표는 흥분해서 내 팔을 잡아끌며 다리를 향해 달렸다.

"난 노숙자로 분한 지저분한 여자도 저렇게 섹시할 수 있구나 하고 경외감까지 느꼈어."

"줄리아 로버츠가 미인인가?"

나는 데미지에서의 줄리아 로버츠를 기억한다. 창백한 얼굴에 상처받은 인생과 지니고 있는 우울의 그림자가 가득했던 그 모습이 소름끼쳤다.

"연기를 잘 하잖아. 그 자체로 아름다워."

"퐁네프 다리의 전설이 그거야?"

"아니. 퐁네프는 연인들의 다리잖아."

제표는 자물쇠를 꺼내들었다.

"여기 와서 우리 사랑을 여기 묶어두려고 했어."

"왜 여기야? 부산에 묶어야지."

"부산?"

"용두산 공원에 가야지."

"거기 철거된 거 몰라?"

헉. 놀라서 걸음을 멈추는 내 팔을 잡아끌며 제표는 다시 걸음을 재촉했다.

"놀랄 일이야?"

"그럼 거기 자물쇠 걸고 약속한 연인들은 어쩌지?"

나는 숨을 헐떡이면서 물었다.

"더 영원해지지 않았을까? 다시는 열 수 없게 되었으니까."

그런가? 그게 말이 되는 것도 같고 말이 안 되

는 것도 같다. 연인들의 소중한 사랑의 징표를
그렇게 무단으로 폐기처분 해 버리는 게 말이 되
는 건가?

"영원을 개뿔…."

투덜대던 난 갑자기 멍한 표정이 되어서 퐁네프
다리를 바라보았다. 낡은 다리는 아름답게 빛나고
있었다. 연인들의 자물쇠가 즐비하게 걸려 있는
곳에서 수많은 연인들이 손을 맞잡고 입을 맞추는
모습은 너무 아름다워서 입을 다물 수 없었다.

사랑은 저렇게 아름다운 거야.

자물쇠를 걸었다.

"이제 우린 어쩔 수 없이 영원한 사랑에 빠지고 만 거야."

제표와 나는 깊은 입맞춤을 나누었다. 이 지구라는 별이 사라진 후에도 사랑이 영원하기를 빌었다. 다리 아래로 흘러가는 센 강의 물결을 내려다보며 우리는 말없이 서로의 손을 꼭 쥐었다.

우리 사랑이 영원하기를.

68

(파리 센 강)

다리 아래로 내려와 강가에 털썩 주저앉아 바 게트 샌드위치를 먹고 유람선에 올라탔다. 날씨 는 더 없이 좋았다. 햇살은 밝고도 뜨겁지 않았 고 햇살 아래 세상 모든 것이 반짝였다.

콧노래가 절로 나왔다.

"여길 절대 잊지 않을 거야."

"여기가 아니라 날 잊지 말아야지."

"제표랑은 언제나 함께 있을건데 잊을래야 잊 을 수가 없잖아."

"사람 일을 어떻게 알아?"

"응?"

나는 놀란 눈으로 제표를 쳐다보았다.

"무슨 말이야?"

"어떤 시절이 와도 잊지 말라는 말이야."

"왜 그런 불길한 말을 해?"

"아까워서."

"뭐가?"

"이 순간."

제표는 다리를 올려다보았다.

"이 장소!"

퐁네프 다리가 멀어져갔다.

69

밤안개가 자욱했다.

어디선가 유령이라도 튀어나올 것만 같은 풍경
에 인기척도 이제 사라지고 없다.

서희는 다리 입구에 서서 잠시 호흡을 가다듬
었다. 안개가 자욱해서 밝은 가로등 불빛에도 불
구하고 난간의 자물쇠들은 보이지 않았다.

다리 위로 천천히 걸어갔다. 주변의 노점상들도
카페들도 모두 문을 닫고 긴 침묵 속에 빠져있다.

안개 속을 또각또각 돌바닥을 두드리듯 걸었
다. 걸으면서도 남은 길이 아까워서 점점 더 천
천히 걸었다.

이 다리 끝에 도달하기 전에 나타났으면 좋겠다.

서희는 눈을 감았다. 감았던 눈을 뜨면 다리 저 끝에서 제표가 안개를 뚫고 천천히 마주 오는 상상을 했다.

제표야. 그날처럼 나에게 와주렴.

70

　귀국 즉시, 항암치료를 시작했다. 수술날짜를 잡고 입원 수속을 밟았다. 병원에서의 첫날, 제표는 그동안 밀린 일들을 위해 회사에 나가야 했다. 집에 가서 옷들도 정리해야 했다.

　"앞으로도 얼마나 더 오래 병원 생활을 해야 할지 모르니까 정리가 필요해."

　제표는 입원하는 나를 가족에게 맡기고 자기 일을 해야하는 걸 미안해했다.

　"괜찮아. 언니랑 엄마랑 다 오시니까 걱정하지 마."

　가족은 어느 땐 버겁고 어느 땐 꼭 필요한 존

재일 것이다. 언니가 와서 병원 수속을 밟아주고 나는 환자복을 갈아입고 병실로 향했다.

병실 안은 조용하고 침묵이 지배했다. 사람이 많아도 전부 유령들처럼 보였다. 느리고 조용한 사람들. 삶의 활기가 사라져 버린 사람들.

창가로 가서 빌딩의 숲을 바라보았다.

누구나 아플 수 있고 목숨을 위협하는 치명적인 병에 걸릴 수 있다는 사실을 인식하고 살겠지만, 난 아니었던 것 같다.

난 태어나서 이제까지 마냥 행복하고 절대 아무 일도 없이 편안하게 살아온 것 같다. 앞일에 대한 걱정도 없었다.

딱히 호화스럽게 살지도 않았지만 그렇다고 해서 힘든 삶을 살아본 기억도 없다. 그저 하루하루를 철없는 어린애인 것처럼 살았다.

올망졸망한 어린 아이들을 가르치는 일은 재미있었다. 아이들과 함께 지내면서 아이들의 모습을 사진기에 담는 하루하루가 그저 햇살처럼 사소하고 즐거웠다.

어느 날, 나에게도 불행이 닥쳐올 수 있다는 사실을 깨달았을 때, 아니 맞닥뜨렸을 때의 충격은 누가 설명하라고 하면 설명할 길도 없다. 백지장 같은 느낌.

환자복을 입은 채 이리저리 끌려 다니면서 전에도 했던 익숙한 검사를 다시 받고 밥인지 아닌지도 모를 저녁을 받아서 깨작대다가 잠이 들었다.

자고 일어나서 보니 머리칼이 한 움큼 빠져나갔다.

71

장마가 시작되는 아침, 거울을 보다가 환자복을 벗어버렸다. 일반 옷으로 챙겨 입고 병원을 나섰다.

하늘은 흐리고 어두웠다. 낮게 깔린 구름에서 굵은 빗방울이 떨어져 내리기 시작했다.

미용실을 찾아 뛰었다. 비를 맞으면서 달려가다가 너무 세차게 쏟아지는 비로 인해 건물 처마 아래로 피할 수밖에 없었다.

그제야 추위를 느끼고 내가 입은 게 겨우 티셔츠 하나에 반바지 하나라는 걸 알았다. 게다가 맨발에 병원 슬리퍼라니.

'하필 이런 걸 신을 건 뭐람?'

오들오들 떨면서 서 있다가 돌아보니 커피숍이
있었다. 미용실이 근처에 있으면 좋으련만 건물
안에 있는 건 커피숍뿐이었다.

커피. 마셔도 되는지 안 되는지 모르겠다. 수
많은 주의사항 중에 끼어 있는지 없는지 기억이
나지 않는다.

커피숍으로 들어갔다.

혹시 제표가 병원으로 들릴 수도 있어서 전화
해 놓으려고 하다가 핸드폰을 병실에 두고 그냥
나온 것 같다. 언니가 챙겼었지. 그나마 지갑을
머리맡에 두고 있어서 가져온 게 다행이다.

커피를 시켜서 들고 창가에 앉았다. 비가 무섭
게 퍼부어서 지나는 행인들은 없었다. 바람만 거
세고 가끔 물보라를 일으키면서 자동차가 지나다
닐 뿐이다. 바람까지 거세서 어차피 우산을 들고
다녀도 소용없을 날씨다.

'수술 3일 남겨놓고 하필 날씨까지 왜 이럴까.

마치 내 앞날을 아는 것처럼 난리를 부리네.'

물끄러미 바라보는데 누군가가 유리창에 비친다.

"제표."

제표였다. 비를 흠뻑 맞아서 몰골이 말이 아니
다. 우산은 소용도 없어서 손에 들고 있으나마나
했다. 제표가 안을 들여다보다가 나를 발견하고
허리를 펴고 서더니 한숨을 내쉬었다.

72

병원 휴게실에 난 지은 죄도 없이 죄인처럼 고
개를 숙이고 앉아 있었다. 제표는 머리칼을 털면
서 아무 말도 하지 않았다.

"그냥 머리 자르려고… 어차피 너무 빠지니까
미리 밀어버리는 게 나을 것 같아서…."

"내가 올 때까지 기다렸어야지!"

제표가 큰소리를 냈다. 나는 깜짝 놀라서 제표
를 쳐다보았다. 처음 있는 일이다. 나는 제표와
토닥토닥 수도 없이 싸웠지만 한 번도 소리를 지
르기는커녕 큰소리조차 내본 적이 없다.

제표는 놀라서 멍하니 바라보는 내 얼굴을 바

라보다가 그냥 고개를 돌려버렸다.

"내가 그렇게 잘못한 거야?"

나는 억울해서 따지는데 제표는 창밖의 미친 듯이 흔들리는 나무들만 바라보았다.

"기다리지 않고 나간 게 뭐가 그렇게 화나는 일이야? 금방 돌아갈 텐데 왜 비 쫄딱 맞고 찾아 다닌 거야?"

나는 외면하고 대꾸도 않는 제표에게 화가 나서 두 손으로 제표의 얼굴을 잡아서 내 쪽으로 확 돌렸다. 그리고 깜짝 놀랐다.

제표는 울고 있었다.

73

나한테는 형이 하나 있었어. 나보다 두 살 더 먹은 형이야. 뭐든 다 잘하는 아이였지. 집안의 장손이고 집안 어른들이 모두 기대하는 그런 똑똑한 아이였어.

어렸을 때야. 아주 어렸을 때였어. 내가 학교도 미처 들어가기 전에 일어난 일이니까 내 기억으로는 그저 이렇게 비가 억수같이 오는 날이었던 것밖에 기억이 나지 않아.

난 장화에 우산까지 쓰고 집 앞의 커다란 개울로 구경을 나갔어. 물이 콸콸 쏟아지는 게 멋있어서 홀린 듯 앉아 있다가 그만 미끄러진 거야.

높이가 내 키의 몇 배나 되는 아래로 떨어져서 급
류에 휩쓸리게 되었지.

그게 내 기억의 전부야.

내가 급류에서 살아남게 된 과정은 나중에 커
서야 알았어. 어느 날, 할아버지께서 내게 정말
미운 듯 눈을 흘기면서 말씀하셨지.

- 너 때문에 형이 죽었다. 네 형이 살았어야
하는데 네가 살아버린 거다. 널 구하느라 물에
뛰어들었다가 널 살리고 형은 죽었다. 그러니 너
는 평생 네 형 몫까지 하고 살아도 모자라다.

지금도 살아계시지만 지금 연세에도 정말 꼿꼿
하신 이유가 성격 때문인 것 같아. 잔인하기까지
한 그 차가움. 그래서 난 형 몫까지 살아야 하는
인생이 되었지.

사실 내가 기억도 제대로 못하는 어린 나이에
뭘 어쩌겠어. 그저 내가 그랬다니까 죄책감을 가

지고 살다갈 수밖에.

뭐 그런 건 상관없어. 난 젊어지고 자라서 이제 충분히 맷집도 생겼고 앞으로도 뭐라든지 형 몫까지 하고 살 자신도 있어. 남한테 뭘 해야 하는 것도 아니고 다 내 가족이잖아.

그런데 말이야. 어느 날인가 꿈을 꾸었어. 할아버지가 오셔서 내 근황을 묻고 실망하셔서 조금 안 좋게 말하고 가신 날이었어.

밤새 뒤척이다가 새벽녘에 잠이 들었는데 꿈에서 바로 그 비오는 날이 기억난 거야.

내가 물속으로 미끄러져 들어가면서 누군가가 내 뒷덜미를 잡았고 돌아보니 형이었어. 형은 나를 물가로 밀면서 물속에 들어갔다 나왔다를 반복했어.

그리고 비가 계속 내렸어.

제표는 흐느끼듯 울고 있었다.

빗속을 미친 듯이 뛰어다녔어. 네가 없을까 봐. 너무 무서웠어. 그땐 머리를 자르는 일 따윈 생각

못했어. 네 머리는 내가 직접 깎아주려 했으니까.

　이렇게 예쁜 머리칼인데 깎아도 내 손으로 깎아야지. 그래서 가위랑 바리캉도 사왔는데….

　조용히 제표의 흐느끼듯 떨리는 등을 안아주었다.

74

병원의 욕실에 거울을 보고 앉았다. 제표는 내 등 뒤에 서서 가위를 들고 거울을 바라보았다.

"예쁘게 깎아줄게."

가위가 내 머리에서 사각사각 소리를 냈다. 어깨와 발 아래로 머리칼들이 떨어져 내렸다. 난 사람의 머리칼에는 아무 감각이 없는 줄 알았다. 머리를 당기면 느껴지는 게 두피에서 느껴지는 건 줄 알았다.

아니구나. 내 머리칼도 충분히 느끼는 거였구나.

머리칼이 짧아지고 바리캉이 웅웅 대며 소리를 내기 시작했다. 내 머리 위를 지날 때마다 새파란 길이 만들어진다.

마침내 머리칼이 하나도 남지 않게 되었을 때
제표는 내 얼굴에 자기 얼굴을 바짝 들이대고 거
울을 가리키며 말했다.

"머리 깎고도 예쁘다. 너무 예뻐."

75

아침부터 장맛비가 주룩주룩 내리던 날, 나는 이동식 침대 위에 누웠다. 드르르 드르르 나를 싣고 복도를 달리는 침대 위에서 나는 눈을 감고 지난 시간들을 떠올리고 있었다.

어디선가 향기가 났다. 그냥 스치기만 해도 느껴지는 익숙한 향기.

"제표~~"

나는 눈을 감은 채 손을 뻗었다. 제표의 부드러운 손이 내 손을 맞잡았다.

"늦어서 미안."

"일찍 온 거잖아. 회사 일 안 하고 왔어?"

"아냐. 다 하고 왔어. 이제 끝나고 나올 때까지 여기 있을 거야. 지척에. 아주 가까운 곳에. 그러니까 칸막이만 있다 뿐이지 같이 있을 거야."

"응 알았어."

수술실로 들어가나 보다. 덜컹 해서 눈을 떴다. 수술실 입구가 보여서 고개를 돌려 제표를 찾았다. 제표는 복도 한가운데 서서 천정을 올려다보고 있었다.

바보. 우는구나. 남자가 되어가지고 맨날 울어.

76

아침 햇살이 버스 창밖에서 뜨겁게 내려 쬐었
다. 덜컹덜컹 시골길을 달리는 버스는 세 번째 갈
아탄 버스 같다. 두 번째까지는 길이 괜찮으니까.

풍양 사거리에서 출발한 구불구불한 길을 달리
는 버스. 돌아보니 아빠가 내 손을 꼭 잡고 앉아
있다. 아빠 무릎 위에는 네모진 보따리가 들려
있다. 할머니 주려고 산 선물들이다.

아이들이 몰려들었다.
"정말 부산 사나?"
"응."

"부산이면 바다 봤겠네?"

"바닷가에 사는 걸?"

"이 치마 예쁘다."

"세라복이야."

"세라복? 나 한 번만 입어보면 안 돼?"

"놔. 옷을 어떻게 바꿔 입니?"

여자 아이가 치마를 잡고 놓아주지 않는다.

마루에 앉아서 할머니가 쪄서 내주는 옥수수를 먹는다. 그때 들려오는 방송소리.

'아아, 김분순 할머니. 전화받으시이소. 부산 아들한테 전화왔니더.'

할머니는 고무신을 신고 쏜살같이 달려 나갔다. 나는 할머니의 부산 사는 아들이 아빠인 걸 안다. 이상하다. 방금 전까지 같이 왔는데 왜 다시 가신 걸까.

큰언니가 배를 깎았다. 딱딱한 돌배. 그래도

나름 맛이 있다. 커다란 감나무 근처에서 우는 매미소리가 시끄럽다. 언니들은 언제 왔지? 버스는 하루 두 번밖에 안 다니는데.

"배 더 깎아줄까?"

큰언니가 묻는다.

끼익끼익.

우물가에서 물 푸는 소리가 들려온다. 할머니가 우리들 목욕할 물을 펌프로 퍼 올리는 중이다.

"어서들 나온나."

엄마 목소리다. 엄마가 왔구나. 언니 둘과 함께 달려 나간다. 물이 콸콸 나오고 있다. 다가서자마자 차가운 물 한 바가지를 머리에서부터 부어버리는 엄마. 한여름인데도 얼음처럼 차갑다.

숨이 턱 막혀서 헉헉 거리는 동안 언니들도 물을 한 바가지씩 얻어맞는다. 내 몸에 비누를 칠하는 엄마. 차갑다고 투정하는 나를 엄마가 철퍽철퍽 등짝을 때리면서 씻어준다.

엄마는 담장을 온통 덮은 호박잎도 따고 그 속을 헤쳐 내 머리만 한 호박 하나를 뚝 따오신다.

"엄마! 깻잎전~"

대청마루에 상을 펴고 앉아서 바삭바삭한 깻잎전에 밥을 먹는다. 대청마루 밥상에 밭에서 딴 상추며 배추, 담장에서 딴 호박잎은 찌고 별것 넣은 것 없는 호박에 무만 들어간 된장찌개인데 너무 맛있다. 그래도 깻잎전만 못하다. 작년에도 재작년에도 방학이면 와서 할머니가 해 주는 깻잎전을 먹었다.

밭일 끝나고 오신 할머니가 부엌에서 시커먼 솥뚜껑을 들고 나오셔서 내 얼굴만 한 들깻잎을 두 장 겹쳐 밀가루에 쓱쓱 묻혀 기름이 지글지글 소리를 내는 솥뚜껑 위에 올려 구워주시고는 했다.

들기름에 구워지는 밀가루의 구수한 냄새가 나고 할머니가 구워내신 깻잎전을 처음 뜯어 먹었을 땐 세상에 이런 맛이 있는 줄 몰랐다. 얼굴만 한 그 나뭇잎 같이 생긴 잎이 깻잎이었다는 것도 올해 들어 알게 되었다.

"할머니. 부산서도 이런 거 먹었다. 아빠가 나
좋아한다고 사주는데 맛없더라. 안에 고기랑 두
부를 넣대. 난 할머니가 이렇게 해주는 깻잎 두
장짜리가 젤 좋아."

할머니는 내 밥 위에 반찬을 얹으며 웃는다.

"그래. 많이 먹어라. 내 새끼."

모깃불 냄새. 쑥이 타는 냄새. 마당의 평상에
누워서 별을 올려다본다. 모깃불 연기가 올라가
는 저 멀리 별들이 반짝인다. 어디선가 두런두런
이야기 소리가 들리고 뒷집에서는 누가 노래를
부른다. 푸른 하늘 은하수….

난 잠이 들었다. 내가 잠이 들었다는 걸 확실
히 느낀다. 할머니가 나를 안아들고 마루로 올라
가신다. 나는 눈을 감고 할머니의 냄새가 이상한
걸 느낀다. 이상하네. 할머니한테서 왜 이런 냄
새가 나. 소독약 냄새가 나잖아. 할머니.

77

"안녕?"

제표는 장난처럼 손을 까딱대면서 웃었다. 나는 내가 살았다는 안도감보다 제표가 눈앞에 있다는 안도감으로 기분이 좋아졌다.

아직 아련한 고통이 온몸을 휘감고 있지만 기분이 나쁘지는 않았다. 수술은 끝나 있었고 나는 시골집에 다녀온 기억밖에 없다.

"멀쩡하네?"

"워낙 씩씩하다. 얘는."

제표 옆으로 언니들이 보였다.

"엄마 찾나?"

언니들이 웃었다. 엄마가 보이지 않는다. 나도 모르게 두리번거렸다.

"우리가 오지 마시라고 말렸다."

"그래. 와서 괜히 자꾸 우는 거 싫어서 오지 말라고 우리 집에 떨궈버렸다."

제표는 한쪽에 가서 언니들에게 줄 음료수를 챙기고 있었다.

언니들이 제표를 바라보면서 한마디씩 했다.

"잘 생겼네."

"사업 한다 해서 금테 안경 쓴 아저씨로 생각했는데."

입들 좀 단속하고 싶었지만 말을 할 수가 없었다. 그저 내가 살아있음만 몸짓으로 간간히 표시했다. 온몸에 이렇게 힘이 없을 수도 있구나 싶었다.

언니들의 음료수 마시는 모습을 끝으로 까만 암전이 왔다.

78

병실 안이 느닷없이 까맣게 변했다가 제자리로
돌아왔다. 창밖에서 번개가 연달아 몇 번을 번쩍
였다. 천둥이 요란하게 울고 빗소리가 무섭게 울
려 퍼졌다.

지독한 비구나.

창밖의 비를 바라보며 누워 있는데 제표의 모
습이 유리창에 비쳤다.

"며칠 안 남았어."

"뭐가?"

"퇴원."

"아, 퇴원."

"그래서 준비를 해야 해."

"무슨 준비가 필요해?"

"일단 대청소를 하고…."

제표는 어깨를 으쓱했다.

"나한테 맞는 요리기구도 좀 사야겠어."

"요리 기구는 왜?"

"이제부터는 내가 해야 하니까."

푸힛~~

나는 웃어버렸다.

"언제는 뭐 안 했나?"

제표는 내가 사는 집에 올 때마다 요리를 했다. 남자치고는 썩 요리를 잘하는 편이다. 특히 자극 없는 퓨전요리를 꽤나 잘한다.

"이제 본격적으로 해야 하니까."

제표는 활짝 웃었다.

"병원 벗어난다고 생각하니까 좋다."

나도 오랜만에 활짝 웃었다.

79

제표는 시장을 여자처럼 잘 봐온다. 찬거리를 가정주부 못지않게 골고루 알뜰하게 사온다. 짜거나 매운 것을 먹지 말아야 하니까 그러면서도 맛있는 요리를 하려고 머리 꽤나 쓴다.

칼질을 조금 시끄럽게 하는 편이기는 하다. 도마 위로 탕탕 소리가 나도록 칼질을 해서 가끔씩 나한테 핀잔을 들었다.

"도마 소리랑 찌개 끓은 소리는 듣기 좋지 않아?"

"거슬려."

"즐겨 봐. 맛있는 소리라고 생각하고 들어 봐.

잠시 후면 아주 맛있는 요리가 나올 거니까."

"소리는 없어도 향기로 맛있는 걸 기대할 수 있어."

"맛은 코로만 느끼는 게 아니고 눈으로도 귀로도 느끼는 거야."

"엉터리!"

어묵탕을 자주 만들었다. 영양가 최고라고 주장했다. 특히 푹 고아낸 무와 어묵, 쑥갓을 국물과 함께 먹었다. 그럴 때마다 간장을 찾는 나와 제표는 실랑이를 벌였다.

"간을 해야 맛있게 먹지."

"습관이야. 습관을 들이면 싱거워도 맛있어."

"짠맛을 빼면 어디서 맛을 찾는다는 거야? 매운 맛도 안 나는데 거기다가 짠맛도 없으면…."

"어묵 고유의 맛을 즐기세요."

"후추라도 넣자."

"후추는 내다 버렸어."

"미친 거 아냐?"

"안 미쳤거든?"

"제표씨라도 넣어서 먹어야지?"

"말도 아닌 소리를 하고 있네. 후추가 몸에 나쁘다잖아."

"그렇게 따지면 솔잎만 먹고 살아야겠네."

"솔잎보다 이슬이 낫지."

칵~ 그냥.

내가 수저로 때리려고 들면 제표는 젓가락을 들고 맞섰다.

80

나는 큰방에서 자고 제표는 작은 방에서 잤다.
본격적으로 여름이 다가오는데 나는 따뜻하게 하
고 자야 했고 푹신한 침대에서 자야 했다. 그에
반해서 제표는 차가운 잠자리를 원했고 딱딱한
바닥을 좋아했다.

그게 아니더라도 나는 누구와 잠자리를 같이
할 정도로 몸이 좋지 않았다. 수술의 후유증도
있는데다가 계속해서 항암치료를 받느라 내 몸은
극도로 쇠약해져 있었다.

'면역력이 약해졌으니까 감기도 조심해야 합
니다.'

한여름인데 정말 감기 기운이 왔다. 두꺼운 이불을 덮어쓰고 누워서 수술로 인해 통증이 심한 어깨에 쿠션을 대고 자야만 했다.

온 집안에서 온도가 여름에 맞춰진 곳은 제표가 자는 작은 방뿐이었다. 덕분에 제표는 땀에 젖어서 지냈다. 에어컨을 켜는 건 상상도 못할 일이다.

"여름에 전기세 이렇게 조금 내보기는 처음이다."

"그치? 땀띠로 엉망이네?"

제표의 몸은 항상 수건을 걸치고 살았는데도 땀띠로 가득했다. 욕조에 찬물을 받아놓고 수시로 들락거려도 여름의 지독한 열기는 그의 몸에 수많은 오톨도톨 땀띠를 만들어냈다.

"나 다음 주부터 출근하니까 걱정 마. 회사는 시원하니까 거기서 에어컨의 혜택을 실컷 즐기고 올 거야."

이상한 일이다. 미안해야 하는데 미안하지 않

아서 문제다. 나는 어느새 제표의 희생을 당연하
다는 듯이 받아들이고 있었다.

　사랑이라는 핑계로 이래도 되나.

81

제표가 출근하면서부터 나는 혼자 지내는 데에
익숙해지기 시작했다. 가끔 언니들이 교대로 와
서 들여다보고는 했다.

그러나 언니들은 제표처럼 할 수 없었다. 무엇
보다도 더위를 참지 못하고 후다닥 집안을 정리
한 후 바쁘게 가버렸다.

여름이 한가운데로 들어서고 집 안은 더 더워
지기 시작했다. 나는 더위에 익숙했다.

병원에 가게 되는 날이면 제표가 와서 운전을
했다. 내가 스스로 해도 되건만, 제표는 불안해
했다.

"혼자 운전하고 가게 두고 노심초사하느니 그냥 오는 게 낫지."

제표는 회사 일이 바빠 보였지만 병원 가는 날은 무슨 수를 내서든 쫓아왔다.

"혼자 다닐 수 있어. 이제 많이 좋아졌어."

"좋아지는 걸로는 안 돼. 완치 판정을 받아야지."

"그게 몇 년 걸리는 건지 알고 하는 말이야?"

"5년."

"이제 석 달 지났어."

"벌써 석 달이야. 눈 깜빡할 사이네."

"그러다 회사 망하는 거 아냐?"

"날 너무 띄엄띄엄 보네."

"자세히 보니까 그렇게 느끼는 거야."

"걱정도 팔자다."

"같이 죽지는 말아야지."

"하여간 입에 칼을 물고 살아요."

대화 끝이면 언제나 제표는 내 머리를 쥐어박

고는 했다.

　"그렇게 험한 말 자꾸 하면 그 예쁜 입술 비틀어져요. 아가씨."

82

제표는 가끔 출장을 가야 했다. 출장을 가면 이틀이나 사흘을 오지 못했다. 그런 날이면 수시로 전화가 온다. 행여 딴 짓하다 전화를 받지 못하면 난리가 난다.

"뭐하느라 전화 안 받아?"

"화장실."

"가지고 가면 안 돼?"

"금방 또 전화 할 거면서."

"불안한 사람 생각은 안 해?"

"뭐가 불안해? 하루 종일 집에 있는데 집 무너져서 죽을까 봐?"

"그걸 말이라고 해?"

출장에서 돌아오면 집에 할 일이 산더미처럼 쌓이게 된다. 나한테 평소 게으른 면이 있었는지 몸이 아프고 나서는 제대로 치우는 게 없다.

출장에서 돌아오는 날이면 청소를 하고 요리를 하고 내 어깨 상태를 보느라 바빴다.

어느 날, 제표는 결국 결정을 내렸다.

"나 회사 접을까 해."

"응? 왜? 어려워?"

"아니. 그냥 뭐 좀 더 좋은 아이템이 생길 때까지 쉴까 해."

"나 때문이지?"

"뭐가?"

"나 때문 아냐?"

"무슨 소리야? 자기하고 회사가 무슨 상관이야?"

"출장 자주 다니게 되니까 그런 거잖아."

"아니거든? 남자 사업 이야기를 그렇게 함부로 하는 거 아냐."

제표는 더 말하지 않겠다는 듯이 식탁에서 일어나 욕실로 들어가 버렸다.

"집에서 뭐라고 안 해?"

나는 욕실에 대고 소리쳤지만 제표는 대꾸도 하지 않았다.

여름이 끝나갈 무렵, 제표는 출장을 가고 나는 혼자 병원에 가야 해서 외출 준비를 했다. 이번에는 병원에 혼자 가야 한다고 해서 걱정 말라며 출장을 보냈다. 어차피 혼자 다니는 습관을 들여야 한다고 생각했다. 회사 일에 소홀해져서 접을 궁리까지 하는 건 아닌가 싶어서였다.

옷을 차려 입고 집을 나서려는데 핸드폰이 울렸다. 모르는 전화였다.

"누구세요?"

"제표 엄마예요."

건너편 목소리가 떨리고 있었다.

바람에 나무 이파리들이 분분히 흔들렸다. 바람이 달라져서 이제 가을인가 싶다. 집과 병원 중간 지점쯤의 카페는 적막한 한낮이었다.

나는 카페 창가에 앉아서 커피를 앞에 두고 제표 어머님을 바라보았다. 고생 없이 사셨던지 곱게 늙으셔서 모습은 늙었어도 눈빛이 맑고 선해 보였다.

"별안간 찾아와서 미안해요."

어머님은 커피 잔을 들었지만 마시지 못하고 도로 내려놓았다.

"제표가 너무 싫어서 그동안 아는 체를 못했어요."

남에게 무언가 싫은 소리를 해야 하는 때에 마음이 약한 사람이 흔히 보이는 망설임이 묻어났다. 그 사이에 제표는 가족과 내가 만나는 것을 원하지 않았다.

'아픈 게 다 나으면 인사드리러 가자.'

제표는 그렇게 철저하게 자기 가족과 나를 접촉하지 못하게 했다. 나는 그 이유를 말하지 않아도 알았다. 나 스스로가 어서 건강해져야 그의 부모님을 만날 수 있다고 생각했다.

그런데 이렇게 억지로 전화번호를 알아내서 만나고자 했을 때에는 좋은 이야기를 하려는 건 아닐 것이다. 만나러 나오면서 이미 각오한 일이다.

"제표 회사가 엉망인 거 알아요?"

나는 아무 말도 하지 못했다. 힘들지 않을까 싶었지만 제표가 알아서 잘 해 내리라 믿었다. 무엇이든 척척 알아서 하는 그의 성격을 믿었다.

"게다가 이제 회사 접고 아예 서희씨 병간호만 하려고 드는 거 알아요?"

나는 또 아무 말도 할 수 없었다.

"우리 집안… 이야기는 들었겠지요?"

"네."

나는 고개를 숙였다. 어느 비오는 날 제표가 들려준 형과 할아버지 이야기.

"우리한테는 이제 제표 하나밖에 없어요. 그런데 하나뿐인 아들이 제 자리를 잡지 못하고 헤매니까 온 집안사람들 걱정이 이만저만 아니에요."

어머니는 나를 똑바로 바라보지 못하고 창밖으로 시선을 돌렸다.

"할아버지가 끝내 앓아 누우셨어요. 아버지까지도 너무 힘들어서 더는 가만히 앉아 있을 수가 없었어요. 이렇게 말하는 것도 모질지만…."

나도 창밖을 바라보게 되었다. 서로 눈을 마주치는 게 무서웠다.

"우리 제표 좀 놓아주세요. 정말 못할 말인 거 알지만… 아픈 사람한테 이러는 거 벌받을 일이라고 생각하지만…."

눈물이 나서 허공을 올려다보았다. 어머니의
자책 어린 말씀이 가슴을 후벼 팠다. 제표가 착
한 이유를 알 것만 같았다.

"미안해요. 내가 이러는 거⋯."

어머니는 말을 잇지 못하고 눈물을 흘리기 시
작했다.

어떻게 해드릴까요. 내가 아픈데. 아픈 몸으로
어디로 사라져 버리기라도 해야 할까요. 내 집을
놔두고 어디로 잠적이라도 해 버릴까요. 그렇게
만 하면 그 사람은 괜찮을까요. 나도 그 사람도
서로를 보지 않고 살아갈 수가 있을까요.

못하겠어요. 자신이 없어요.

짐을 꾸렸다. 누구에게도 말하지 않고 혼자 당
장 입을 옷과 약을 챙겼다. 언니들에게는 여행
간다고 해 두었다. 언니들은 또 무슨 여행이냐고
펄쩍 뛰었지만 나는 가타부타 설명하지 않고 전
화를 끊어버렸다.

제표의 전화.

"뭐하고 있어?"

"어디야?"

"지금 오사카 공항이야. 곧 비행기 탄다. 저녁
에 봐."

눈물이 왈칵 쏟아져서 대꾸하지 못했다.

"여보세요? 안 들려?"

"들려."

"컨디션은?"

"좋아."

"그래. 저녁에 봐. 나 비행기 탄다."

전화 끊지 마. 그렇게 소리치고 싶었다. 지금 너무 대화가 하고 싶어. 그냥 아무 말이라도 하고 싶어. 그렇게 말하지 못했다.

제표씨. 나 찾지 마. 이제 나 잊어버리고 열심히 살아. 제표씨를 위해서 살아. 가족들도 말고 나도 말고 오로지 제표씨만을 위해서 살아. 그동안 너무 고마웠어. 나 사랑해 주어서 고맙고 나 역시 제표씨 사랑해서 행복했어. 하지만 뭐든 끝은 있는 거잖아. 이제 그만. 여기까지만 하자. 나 찾으려고 고생하지 마. 찾지 못할 거니까. 그냥 편하게 지내. 믿을게. 안녕.

캐리어를 낑낑 대며 끌고 내려와서 차에 실었다. 내 힘이 이렇게 약해졌다는 것이 서글펐다. 이제 혼자 힘으로 무엇이든 해내야 하는데 이렇게 약하면 안 되는데.

차를 몰고 병원으로 향했다. 전화로 갑자기 어디를 가야해서 그러니 예약을 잡아 달라고 부탁했다. 검진을 받고 만일을 생각해서 검사 결과를 디스크에 담으려는 생각이었다.

그런데 어디로 가지?

90

부산을 벗어나고 나서 생각하고 싶었다. 막상 고속도로를 들어서니 멀리 운전하고 갈 자신이 없다.

고속도로에서 일반 국도로 빠져나와 내 기억 속의 가장 좋은 곳으로 향했다.

엄마~~

항상 내 곁에 있어서 곁에 있는 게 당연한 엄마 를 찾아서 차를 몰았다.

엄마는 내가 아픈 걸 안다. 그리고 어려서부터 내가 무엇을 하든 언제나 내 편이었고 무슨 짓을 해도 나무라지 않았다.

'너만 좋다면 엄마는 좋다.'

언제나 그렇게 말하는 엄마에게 가고 싶었다.

눈에 익숙한 시골 길을 달려서 엄마한테 갔다.

　엄마는 아무 것도 묻지 않으셨다. 나 누구에게
도 왔다고 말하지 마. 내 당부에 엄마는 말없이
고개를 끄덕이셨다. 이유는 묻지도 않고 작은방
의 침대를 큰방으로 옮겨주랴 하셨다.

　"그냥 두어도 돼요."

　"작아서 불편할 텐데."

　"잠만 거기서 자면 되는데 뭐."

　"내 음식이 입에 안 맞을 건데."

　"엄마 음식 먹고 자랐는데 뭐가 안 맞아?"

　"아프면 그 뭐냐 네 언니들 말하는데 보니까
아무거나 먹으면 안 된다고 하던데."

"신경 쓰지 마요. 음식 잘 먹어야 빨리 낫는데요."

"그야 무슨 병은 안 그러겠냐."

먹어서 낫는 병이 있고 먹으면 안 되는 병이 있다는 걸 엄마는 모르신다. 암이 가진 모순이다. 젊으면 병을 이겨내는 데 유리하지만 암을 막아내는 데에는 불리하다. 다른 병은 세포가 잘 자라면 좋겠지만 암은 다르다. 암의 전이는 늙을수록 느리다.

"나 좀 잘래."

나는 침대가 있는 작은 방으로 들어가서 드러누웠다.

"아무 생각도 하고 싶지 않아. 그냥 잘래."

"저녁 안 먹고 자?"

"응. 나중에 내가 배고프면 먹을 거야."

"그래라. 그럼 차려놓을게."

엄마는 부엌에서 달그락거리고 나는 정말 생각 없이 잠에 빠졌다.

92

내가 잠든 사이에 언니들이 전화를 해 왔던 모양이다. 내 전화는 당연히 꺼져 있으니 엄마 전화에 불이 났을 것이다. 엄마는 전혀 모른다 대답했다고 자랑스럽게 말했다. 마치 칭찬을 바라는 어린아이처럼 생글생글 웃기까지 했다.

"엄마. 잘했어. 엄마. 최고."

나이가 들면 어린애가 된다더니 엄마는 몇 년 전부터 정말로 어린아이마냥 천진한 모습을 보였다. 세상 걱정이라고는 막내딸밖에 없는 엄마였다.

"밥 줘."

엄마가 차려주는 저녁을 되는 대로 먹어버렸

다. 엄마 음식은 내 입맛에 딱 들어맞는다. 좀 짜게 느껴지기는 하다. 그동안 제표로 인해서 너무 싱겁게 먹어서였다.

"엄마. 내일 청국장 해 줘."

"그래. 청국장이 뭐 어렵겠니?"

오랜만에 배부르게 먹고 뒷마당으로 나가서 돌담에 기대 앉아 감나무를 바라보며 쉬었다. 옷을 두껍게 입었지만 역시 추웠다.

제표는 오랜만에 시원하게 지내려나.

93

"남자 전화 왔었다. 여기로 들린다더구나."

엄마가 폭탄이라도 던지듯 말했다. 나는 깜짝
놀라서 내 짐을 챙기기 시작했다. 멀거니 바라보
던 엄마가 한마디 하셨다.

"싸운 거니?"

"아냐. 엄마. 그냥 피하는 거야. 서로 보지 않
아야 해서 안 보려고."

"나쁜 사람이니?"

"응. 나쁜⋯."

갑자기 왁 하고 울음이 터져 나왔다. 나쁜 사
람이라니. 그렇게 말해야 하다니.

"맞아. 나쁜 사람이야."

엄마는 우는 내 모습을 가만히 바라보다가 고개를 돌리셨다.

"내일 온다니까 지금 가지 않아도 돼."

마주치면 어떻게 할까. 매몰차게 할 수 있을까. 그럴 자신은 없다. 그냥 마주치지 않는 게 최선이다. 엄마 앞에서 다시 짐을 싸서 달아나는 모습을 보이는 게 죄스러웠다.

그래. 제표도 매일 죄스러울 거야.

　차에 캐리어를 싣고 엄마를 돌아보았다. 엄마의 얼굴이 안타까움과 걱정으로 가득하다.

　"엄마. 걱정 마요. 큰일은 아냐. 나 그냥 좀 피해야 해서 그래."

　엄마는 말없이 고개를 끄덕이신다.

　"들어가요. 그래야 나도 가지."

　엄마가 순순히 등을 돌리신다. 차에 타서 돌아보니 어느새 되돌아서서 바라보고 서있다.

　얼른 고개를 돌려버렸지만 눈물이 나서 입술을 깨물었다. 운전해야 하는데 눈물 때문에 앞이 보이지 않았다. 그래도 어서 엄마 눈앞에서 벗어나야 해서 눈물을 훔치면서 차를 몰았다.

엄마. 슬퍼하지 마. 괜찮을 거야. 이런 거 전부 어느 순간에 다 지나간 이야기가 될 거야.

그땐 그랬었지 할 거야. 그땐 정말 슬펐었지 할 거야.

나 수술도 잘 받고 치료도 잘 받고 있잖아. 그거면 된 거지. 다른 거. 사랑 같은 거, 지금 나한테 뭐가 중요해?

죽을 지도 모르는데.

이모는 안동에 산다. 나는 안동의 강을 좋아했다. 사진기를 들고 하회마을의 한옥들을 구경하고 다니는 걸 좋아해서 이모네 집에 자주 갔다.

안동에 가서 며칠 쉬어보자. 이모는 혼자 사시니까 번잡하지 않다. 엄마한테 거기로 가겠다고 하지 않은 것은 마음 약한 엄마가 언니들이나 제표의 눈물을 보면 알려줄까 겁나서였다. 생각하다 피식 웃어버렸다.

누가 그래? 제표가 너 때문에 울 거라고.

엄마의 철없는 동생 이모는 여전히 철이 없어
보였다. 그래서 나는 이모를 좋아했다. 이모는
뭐든 깊게 생각하지 않는다. 엄마하고 나이차가
많아서 아직 노인네가 아니다. 엄마는 이모 이야
기만 나오면 활짝 웃으며 혀를 찼다.

'갸는 혼자 된 지 오래인데도 이상하게 세상
물정 모르제. 그래도 사람은 다 알아서 살아가게
마련인기라. 편안하게 안 사나? 애 없는 게 좀 걸
리지만….'

편안하게 사는 건 돌아가신 이모부가 남겨주신
게 많아서이다. 그래도 속고 속이는 세상에서 (엄

마 말대로면 아무것도 아는 거 없는 철부지가) 아무 탈 없이 잘 살아내는 게 신기하기는 하다.

"아무도 모르게 하라꼬?"

"응. 이모. 언니들도 모르게, 엄마도 모르게."

"돈 필요하나?"

"무슨 소리야?"

"빚쟁이한테 쫓기는 거 아니가?"

"아니거든? 그런 거면 엄마한테 말했지."

"맞다. 니 엄니 돈 많제."

이모는 호기심 만땅인 큰 눈을 끔뻑거리더니 다시 물었다.

"니 남자 때문이가?"

난 대답하지 않았다.

"남자 맞네."

"절대 비밀인 거 알지? 누구한테 말하면 나 이모네 다시는 안 온다."

"가시나. 니 못 보는 게 겁나는 일인 줄 아나?"

이모는 눈을 흘겼지만 사실 이모는 나를 너무 좋

아한다. 내가 가면 어떻게 해서든 하루라도 더 있다 가게 하려고 머무는 내내 신경을 곤두세운다.

"하여간 비밀이야."

"알았다. 걱정 말고 쉬어라. 니 일인데 니가 더 잘 알아서 안 하겠나?"

난 짐을 풀고 사진기를 꺼냈다.

"아픈 데도 사진 찍나?"

"사진이 무슨 막노동인가?"

"니 저번에 보니까 막노동 맞더라."

이모는 사진을 찍는 작업이 막노동 버금가는 걸 본 적이 있어서 하는 말이다. 하회마을과 하회마을 앞을 흐르는 강을 담아내려고 하다가 하루 종일 다녔더니 따라서 다니던 이모는 파김치가 되어서 다시는 사진 찍는 데 같이 안 다닌다고 했다.

98

"지금 캄캄한데 무슨 사진?"

"낮에는 많이 구경했어. 밤에 가보려고 그래."

"안 아프겠나?"

"아프면 돌아올게."

"니 병이 팍 쓰러져 죽는 병은 아니제?"

이모는 어떤 상황에서든 나를 웃게 만드는 재주가 있다. 엄마가 들었으면 또 하여간 저 가시나는 철없다 했을 것이다.

저녁을 먹고 자리에 누웠다가 도저히 견딜 수 없어서 사진기를 들고 나가는 판이다.

"운전하다 일 나면 영락없이 죽는다카더라."

"이모. 나 머리는 멀쩡하거든?"

집 앞까지 나와 팔짱을 끼고 바라보는 이모를 뒤로 하고 차를 몰아서 강가로 향했다.

낙동강이라고 하면 사람들은 제일 썩은 강을 떠올린다. 온갖 산업폐수가 낙동강으로 흘러간다고 생각한다. 유난히 공장이 많아서 그럴 것이다. 하긴 밀양이나 부산의 낙동강은 내가 보아도 회생 불가능할 정도로 썩었다.

안동의 낙동강은 절대 그렇지 않다. 맑고 넓고 완만하다. 강을 끼고 도는 부용대나 도산서원으로 들어가는 언덕을 따라 굽이치는 강줄기는 언제 보아도 넉넉하다. 그래서 걷기도 좋고 멍하니 바라보기도 좋다.

편안하자고 온 거야.

안개가 밀려들기 시작했다. 부용대도 마을 입
구도 강가의 송림도 안개 속으로 사라져 버렸다.
아무것도 보이지 않아서 당황했다.

헤드라이트는 전혀 보탬이 되지 않았다. 안개
등에 의지해서 걷는 듯 느릿느릿 강가의 길을 나
아갔다. 깜빡 다른 생각을 한 사이에 어떻게 이
렇게 달라질 수 있는지.

마치 햇살 가득하던 내 나날들에 갑자기 암 선
고가 내려지던 날처럼 멍한 느낌.

강이 흐르는 대로 안개도 흘러갔다. 다리 위에서 내려다보는 센 강은 안개를 수증기처럼 피어올리고 있었다.

'인생은 멀리서 보면 비극이고 가까이에서 보면 희극이라는데, 내 인생은 어떻게 보아도 희극이다.'

아파서 사랑을 피해 달아난 여자. 그 여자를 원망하면서 장문의 문자를 편지처럼 남겨놓고 한국을 떠나버린 남자.

자기가 달아나놓고 자기가 힘들어서 내내 울고불고 다시 찾아다니는 여자.

'아니지. 난 여기 잃어버린 모자를 다시 사러 온 거야. 어느 날, 아무리 찾아도 없던 방울 모자. 가게까지 사라져버린 이제 와서…'

서희는 자리를 털고 일어섰다. 울고 싶지만 이제 그만 울어야지 다짐했다.

'나 혼자 꿋꿋하게 살아가야 하잖아. 그러니까 쓸 데 없이 울면 안돼.'

으슬으슬 추워져서 빨리 걷기 시작했다. 안개 속에 수은등이 깜빡였다. 민박집에 돌아와서 빈 속으로 잠을 청했다. 진땀까지 흘리면서 자고난 후, 짐을 꾸려서 나왔다.

"연락처 남겨두면 소식 오는 대로 알려줄게."

집주인 부부는 안타까운 눈길로 서희를 바라보 았다.

"네. 괜찮아요."

이제 정말 괜찮아요. 이 정도면 충분하다. 더 슬퍼하거나 괴로워하지 말아야지.

캐리어가 유난히 무겁다. 버리고 가고 싶을 만큼.

102

몸도 마음도 지쳤다. 다시 영국으로 돌아가는 여정은 지루하고 피곤했다. 고속열차는 순식간에 영국까지 나를 바래다주었고 비행기 시간은 아직 남아 있었다.

다시 한 번, 미련을 버리지 못하고 노팅힐의 모자가게를 찾아 나섰다. 이미 사라져버린 모자가 혹시 조금 떨어진 가게에 있는 건 아닐까.

그럴 수도 있는 게 세상일이니까. 그냥 없어졌다고 생각하고 지나쳐버릴 수도 있으니까.

좀 더 천천히 찾아보면 있을 수도 있는 걸 그냥 지나치고 두고두고 후회하면서 살아갈 수도 있는 거니까.

캐리어를 끌고 다녔다. 피곤하고 힘들었지만 가만히 앉아있기보다는 덜렁덜렁 돌아다니는 게 나았다.

배가 고파서 길가의 잉글리시머핀 샌드위치를 파는 노점 앞에 섰다. 샌드위치를 받아들고 돌아서는데 이제까지 눈에 뜨이지 않던 모자가게 하나가 나타났다.

자리는 그 자리가 아니었지만 틀림없는 모자가게였다.

서희는 캐리어를 끌고 가게를 향해 바쁘게 달려갔다. 계절도 다르고 유행이 지났을 수도 있지만 유럽 사람들은 철따라 옷을 입지 않는 편이다. 흐린 날이 많아서인지 아니면 주변의 시선을 의식하지 않는 것인지는 모르겠다.

가게로 가서 모자를 찾았다.

보이지 않아서 주인을 잡고 열심히 모자에 대해 설명했다. 짧은 영어에 손짓발짓까지 했다.

그러다가 결국 모자 모양을 종이 위에 그렸다.

　가게 주인은 예전에 보았던 주인이 아니었지만 모자에 대해서는 알았다. 그는 눈에 익은 방울 모자를 들고 나타났다.

　맞아. 바로 그 잃어버린 방울 모자.

103

모자를 썼다. 마치 대단한 거라도 건진 것처럼 약간은 좋은 기분이 되어서 씩씩하게 공항으로 향했다. 마치 모자를 되찾은 것처럼 사랑도, 아팠던 시간도 모두 다시 되돌릴 수 있을 것만 같은 착각으로 설레었다.

공항에 도착해서 탑승수속을 하고 캐리어를 부쳤지만 방울 모자는 손에 들고 있었다. 티켓과 방울 모자를 손에 들고 비가 부슬부슬 내리는 공항 건물 앞으로 나섰다.

빗방울이 바람에 차갑게 들이쳤다. 차가운 빗방울이 시원하게 느껴졌다. 그토록 추위를 탔었는데 이제 많이 건강해져서 스스로 대견스럽다.

길 건너의 지하철 입구에서 승객들이 쏟아져 나왔다. 저마다 캐리어나 배낭을 메고 나타나는 서양 사람들. 항상 느끼는 거지만 서양 사람들은 남녀를 불문하고 정말 엄청난 배낭을 메고 다닌다.

그렇게 생각하다가 서양 사람이 아닌 동양 남자가 자기 몸보다 더 큰 배낭을 메고 길을 건너오는 걸 발견했다.

남자는 동양인치고 꽤 큰 키에 수염이 좀 길었지만 반듯하게 생겼다. 성큼성큼 걸어오는 남자를 서희는 넋을 잃고 바라보았다.

남자도 서희를 발견한 듯 뚫어져라 바라보면서 길을 건너왔다. 그리고 서희 앞에 마주섰다. 남자의 눈동자가 약간 떨리는 듯하다. 입술도.

104

이 남자는 떠나기 전, 서희에게 길고 긴 문자를 보냈다.

처음 어떤 여자가 물속에 반쯤 잠긴 채 잠들어 가고 있을 때도 난 몰랐어.

그 여자가 눈을 떴을 때 아무 초점 없던 눈동자를 보면서도 난 몰랐어.

그 여자가 암이라는 사실에도 나는 몰랐어.

그런 그 여자가 나를 보며 활짝 웃어줄 때 난 비로소 알아버렸어. 이 여자 없이는 안 되겠구나. 이 여자 사랑하게 되겠구나.

서희야, 언젠가 얘기했지?

한 50년 뒤쯤 머리엔 하얀 백발이 내리고 얼굴엔 주름이 자글거릴 때 어느 저녁 쓸쓸한 황혼을 마주 할 때 긴 세월 나와 살아줘 고맙다고 손등 두드려주며 후회 없이 살았다 말하고 싶다고. 그런 사람이 너였으면 좋겠다고.

그 사람이 다가온다는 것은 말야
내 모든 것을 던져버리는 일이야
이미 그 사람이 나를 가져버렸고
난 그 사람이 되어버렸으니까.

조그만 일에도 잘 울고,
혼자서는 아무것도 하지 못하고,
툭하면 잘 넘어지는
내겐 넌 그런 사람이야. 나 없이 아무것도 할 수 없는.
너 없이 아무것도 할 수 없는 내가 되어 버린 것처럼.
내가 견딜 수 없다면 너도 견딜 수 없단 거야
내가 떠날 수 없다면 너도 떠날 수 없다는 거야

너 없는 곳에서 숨을 쉴 수가 없듯 너도 나 없이 어찌 숨을 참아갈까 무섭다.

그러니까 포기하진 말자. 너와 나 살아야 하니까 서로 살아야 만날 수 있으니까.

너를 만날 수 없는 시간이 지나 또 너를 만날 수 있는 시간이 온다면 내게 말해 줄게. 얼마나 널 사랑하는지를.

좀 더 널 일찍 만나지 못한 내가

좀 더 일찍 태어나지 못한 내가 더 기다릴게

지금처럼.

처음과 같이 이제와 항상 영원히.

"어디 갔다 와?"

"그냥 여기저기. 넌?"

서희는 방울 모자를 들어보였다.

제표는 귀국하는 비행기에서 나란히 앉기 위해 항공사 카운터에서 실랑이를 했다. 서희는 떠들고 손을 휘두르고 발을 구르는 그를 바라보며 자기도 모르게 피식 웃었다.

저 남자는 언제나 저랬어. 날 위해서라면 전 인류를 학살해버릴 수도 있는 남자.

　　나란히 앉아서 야간비행을 시작했다. 서희는
안기다시피 제표의 가슴에 머리를 묻고 점멸하는
활주로의 불빛을 바라보았다.

　　"꿈 같다."

　　"음?"

　　"지나간 시간 모두."

　　"완치판정받은 거 확인했어. 알아?"

　　"그랬구나."

　　"꿈이 아냐."

　　"그래. 꿈이 아니지."

　　꿈이라고 하기엔 너무 길었어.

여러분의 소중한 원고를 기다립니다.

세월이 몰고 간 시간의 간이역에서
중년은 외로이 서 있습니다.
살아온 날들은 뒤돌아보면 그 추억의 자리엔
첫사랑의 여운이 남긴 사진 한 장,
소중한 기억이 담긴 한 폭의 수채화들이
곱게 채워져 있습니다.
그리움도, 추억도, 사랑도,
세월이 몰고 온 시간의 간이역에 잠시 내려두고
노을에 젖은 저 들판을 편안하게 바라보는 겁니다.
이제 다시 시간의 흐름 속에 나를 놓고
'중년의 사랑'이라는 신선한 느낌의 행복 공간으로
여러분을 초대하고자 합니다.

...

푸르름 출판사에서는
〈Midlife Romance Collection〉을 시리즈로 출간하고 있습니다.
중년의 가슴속에 피우지 못할 한 송이 꽃을 소설로 담아 새롭게 피워낼
여러분들의 귀중한 원고를 기다리고 있습니다.
언제라도 푸르름의 문턱에서 문을 두드려주세요.
사랑의 향기를 전해주세요!

원고 기다리는 창고 알려드립니다.
반드시 〈Midlife Romance Collection〉으로 표기해서 보내주세요
e-mail : pullm3272@naver.com